Açúcar de Melancia

Richard Brautigan

Açúcar de Melancia

Tradução de
JOCA REINERS TERRON

1ª edição

Rio de Janeiro, 2016

Copyright © Richard Brautigan, 1968

CIP-BRASIL. CATALOGAÇÃO NA PUBLICAÇÃO
SINDICATO NACIONAL DOS EDITORES DE LIVROS, RJ

B834a   Brautigan, Richard, 1934-1985
Açúcar de Melancia / Richard Brautigan; tradução
Joca Reiners Terron – 1ª ed. – Rio de Janeiro:
José Olympio, 2016.

Tradução de: In watermelon sugar
Posfácio
ISBN 978-85-03-01281-2

1. Novela americana. I. Terron, Joca Reiners. II. Título.

CDD: 813
16-32582   CDU: 821.111(73)-3

Capa e ilustrações: Lola Vaz
Foto do autor na quarta capa: Baron Wolman / Getty Images

Este livro foi revisado segundo o novo Acordo Ortográfico da
Língua Portuguesa.

Todos os direitos reservados. Proibida a reprodução,
armazenamento ou transmissão de partes deste livro, através de
quaisquer meios, sem prévia autorização por escrito.

Reservam-se os direitos desta tradução à
EDITORA JOSÉ OLYMPIO LTDA.
Rua Argentina, 171 – 3º andar – São Cristóvão
20921-380 – Rio de Janeiro, RJ
Tel.: (21) 2585-2060

Seja um leitor preferencial Record.
Cadastre-se e receba informações sobre nossos lançamentos e
promoções.

ISBN 978-85-03-01281-2

Impresso no Brasil
2016

LIVRO UM:

Açúcar de Melancia

Açúcar de Melancia

Em Açúcar de Melancia os feitos estavam feitos e foram feitos de novo como minha vida foi feita em açúcar de melancia. Vou contar como foi, pois estou aqui e vocês estão longe.

Não importa onde, a gente precisa fazer o melhor que pode. Fica longe demais pra viajar, e não temos nada aqui pra viajar, a não ser açúcar de melancia.

Espero que isso dê certo

Moro em uma cabana perto de euMORTE. Posso ver lá fora euMORTE pela janela. É linda. Também posso vê-la de olhos fechados e tocá-la. Agora mesmo está fria e gira feito alguma coisa na mão de uma criança. Não faço ideia do que essa coisa possa ser.

Tem um delicado equilíbrio em euMORTE. Isso nos faz bem.

A cabana é pequena, mas agradável e confortável como a minha vida e feita de pinheiros, açúcar de melancia e pedras, igual a quase tudo que existe por aqui.

Construímos nossas vidas cuidadosamente com açúcar de melancia e então viajamos na velocidade de nossos sonhos, ao longo de estradas pontuadas por pinheiros e rochas.

Tenho uma cama, uma cadeira, uma mesa e um baú grande onde coloco minhas coisas. Tenho uma lamparina que queima óleo de melantruta à noite. Isso é outro assunto. Falo sobre ele depois. Levo uma vida tranquila.

Vou até a janela e olho para fora de novo. O sol está brilhando na ponta de uma nuvem. É terça-feira e o sol está dourado.

Posso ver os bosques de pinheiros e os rios que correm desses bosques de pinheiros. Os rios são frios e transparentes e existem trutas nos rios.

Alguns desses rios têm poucos centímetros de largura.

Conheço um rio que tem um centímetro de largura. Sei disso porque medi seu tamanho e passei um dia inteiro sentado ao seu lado. Daí começou a chover no meio da tarde. Por aqui, chamamos qualquer coisa de rio. Nós somos esse tipo de gente.

Dá para ver campos de melancias e os rios atravessando. Tem muitas pontes nos bosques de pinheiros e nos campos de melancias. Tem uma ponte bem na frente desta cabana.

Certas pontes são feitas de madeira, de uma velha prata manchada como a chuva, e certas pontes são feitas de pedras trazidas de bem longe e construídas conforme essa distância, e certas pontes são feitas de açúcar de melancia. São dessas que eu gosto mais.

Fazemos muitas coisas legais a partir do açúcar de melancia por aqui — pode deixar que vou contar para vocês —, incluindo este livro que está sendo escrito perto de euMORTE.

Vamos entrar de jeito nisso tudo, viajaremos em açúcar de melancia.

Margaret

Nesta manhã bateram na porta. Eu poderia dizer quem foi só pelo jeito como bateram, e eu os escutei vindo pela ponte. Eles pisaram na única tábua que faz barulho. Sempre pisam nela. Nunca consegui entender isso. Já pensei um montão sobre o motivo de eles sempre pisarem na mesma tábua, como fazem para não errar, e agora eles estão do lado de fora da porta, batendo. Não dei bola para as batidas porque não estou nem um pouco interessado. Não queria vê-los. Já sabia qual era o assunto e não ligava.

Por fim, eles pararam de bater e foram embora pela ponte e, claro, pisaram na mesma tábua: uma tábua comprida com pregos mal alinhados, construída anos atrás e sem conserto, e então eles partiram, e a tábua ficou em silêncio.

Eu posso caminhar na ponte centenas de vezes sem pisar naquela tábua, mas Margaret sempre pisa nela.

Meu nome

Imagino que você esteja curioso para saber quem eu sou, mas sou desses que não têm um nome habitual. Meu nome depende de você. Me chame do jeito que quiser.

Se estiver pensando em alguma coisa que aconteceu há muito tempo: alguém lhe fez uma pergunta e você não sabia a resposta.

Esse é o meu nome.

Talvez estivesse chovendo bastante.

Esse é o meu nome.

Ou alguém quis que você fizesse algo. Você fez. E então lhe disseram que aquilo era errado — "Desculpe pelo engano" —, e você precisou fazer outra coisa.

Esse é o meu nome.

Talvez se trate de um jogo que você jogou quando era criança ou outra coisa que surgiu distraidamente em sua cabeça quando já estivesse velho, sentado numa cadeira próxima à janela.

Esse é o meu nome.

Ou então você passeou em algum lugar. Havia flores por todos os lados.

Esse é o meu nome.

Talvez você estivesse olhando um rio. Havia alguém ao seu lado que amava você. Estava prestes a tocar você. Dava pra sentir isso antes que acontecesse. Então aconteceu.

Esse é o meu nome.

Ou você escutou alguém chamando ao longe. Sua voz era quase um eco.

Esse é o meu nome.

Talvez você estivesse deitado na cama, já quase adormecendo, e então riu de alguma coisa, de uma piada para si mesmo, uma bela maneira de se encerrar o dia.

Esse é o meu nome.

Ou você estava comendo alguma coisa bem gostosa e por um segundo esqueceu o que comia, e mesmo assim continuou a comer, sabendo que era algo bom.

Esse é o meu nome.

Talvez estivesse perto da meia-noite e o fogo soasse como um sino dentro da fornalha.

Esse é o meu nome.

Ou você se sentiu mal quando ela disse aquilo. Ela poderia ter dito aquilo a qualquer um: a alguém que conhecesse melhor os problemas dela.

Esse é o meu nome.

Talvez a truta nadasse no remanso, mas o rio tinha apenas vinte centímetros de largura, a lua brilhando sobre euMORTE e os campos de melancias brilharam desproporcionalmente, a escuridão e a lua parecendo surgir de cada planta.

Esse é o meu nome.

E eu gostaria que Margaret me deixasse em paz.

Fred

Pouco depois de Margaret ir embora, Fred chegou. Ele não tinha nada a ver com a ponte. Ele só a usava para chegar à minha cabana. Ele não tinha mais nada a ver com a ponte. Ele só a atravessava para ir até minha casa.

Ele abriu a porta e entrou.

— Oi — disse ele. — O que você tem feito?

— Quase nada — falei. — Só trabalhado.

— Acabei de voltar lá de Obras de Melancia — disse Fred. — Queria que você fosse até lá comigo amanhã cedo. Quero lhe mostrar uma coisa sobre a prensa de madeira.

— Está certo — eu falei.

— Muito bem — disse ele. — Vejo você à noite no jantar lá em euMORTE. Ouvi dizer que Pauline vai cozinhar hoje. Ou seja, vai ter algo que preste. Ando meio enjoado da comida do Al. Os legumes estão sempre cozidos demais, e também já enjoei de cenouras. Se tiver que comer mais uma cenoura esta semana, eu grito.

— É, a Pauline é boa cozinheira — falei.

Naquela época eu não andava muito interessado em comida. Queria voltar ao meu trabalho, mas Fred é meu chapa. A gente já se divertiu muito junto.

Alguma coisa de aparência estranha saía do bolso do macacão de Fred. Fiquei curioso. Parecia algo que eu nunca tinha visto antes.

— O que é isso aí no seu bolso, Fred?

— Achei na floresta hoje, quando eu voltava de Obras de Melancia. Eu mesmo não sei o que é. Nunca vi nada parecido antes. O que você acha que é?

Ele tirou o negócio do bolso e passou pra mim. Eu não sabia como segurar aquilo. Tentei segurar como se fosse segurar uma flor e uma pedra ao mesmo tempo.

— Como é que faz para segurar isto?

— Não sei. Não tenho a menor ideia.

— Lembra uma daquelas coisas que naFERVURA e sua gangue desenterravam nas Obras Esquecidas. Nunca vi nada parecido — falei e devolvi aquilo ao Fred.

— Vou mostrar pro Charley — disse ele. — Pode ser que o Charley saiba. Ele conhece tudo que tem por aí.

— É verdade, o Charley sabe muito — falei.

— Bem, acho melhor eu ir indo — disse Fred, e guardou a coisa de volta no macacão. — Vejo você no jantar.

— Feito.

Fred saiu pela porta. Ele atravessou a ponte sem pisar na tábua em que Margaret sempre pisava e que não deixaria de pisar nem que a ponte tivesse uns dez quilômetros de largura.

A ideia de Charley

Depois que Fred foi embora, bateu aquela vontade de voltar a escrever, de mergulhar minha pena em tinta de semente-de-melancia e escrever nessas folhas com aroma adocicado de madeira feitas pelo Bill lá no telheiro.

Aqui vai uma lista de coisas que vou contar para vocês neste livro. Não tem sentido guardar elas pra depois. Também como vou contar onde você se enfiou:

1: euMORTE. (Um lugar legal.)
2: Charley. (Meu amigo.)
3: Os tigres e como viviam e como eram maravilhosos e como eles morreram e como eles falaram comigo enquanto comiam meus pais, e como eu respondi para eles e como eles pararam de comer meus pais apesar de isso não ter ajudado nada meus pais, naquele momento nada poderia ter ajudado eles, e a gente conversou um bocado e um dos tigres me ajudou com a aritmética, e daí eles falaram para eu ir embora enquanto eles terminavam de comer meus

pais, e daí eu fui embora. Voltei mais tarde naquela noite para incendiar a cabana. Era o que a gente fazia naqueles dias.

4: A Estátua de Espelhos.

5: O Velho Chuck.

6: Os longos passeios que dou à noite. Às vezes fico em pé durante horas no mesmo lugar, quase sem me mexer. (Já fiz o vento parar em minha mão.)

7: As Obras de Melancia.

8: Fred. (Meu chapa.)

9: O estádio de beisebol.

10: O aqueduto.

11: Doc Edwards e o professor.

12: O lindo viveiro de trutas em euMORTE e como ele foi construído e as coisas que acontecem por lá. (É um lugar bacana para se dançar.)

13: A Turma da Cova, o Poço e a Torre do Poço.

14: Uma garçonete.

15: Al, Bill, e outros.

16: A vila.

17: O sol e como ele varia. (Muito interessante.)

18: naFERVURA e sua gangue e o lugar onde eles costumam cavar, as Obras Esquecidas, e todas as coisas terríveis que fizeram, e o que aconteceu com eles, e como as coisas estão tranquilas e legais agora que eles estão mortos.

19: Conversas e coisas que acontecem aqui no dia a dia. (Trabalho, banhos, cafés da manhã e jantares.)

20: Margaret e aquela outra garota que carregava a lamparina de noite e que nunca se aproximou.

21: Todas as nossas estátuas e os lugares onde enterramos nossos mortos, de modo que eles sempre tenham uma luz saindo de seus túmulos.

22: Minha vida vivida em Açúcar de Melancia. (Deve haver vidas piores.)

23: Pauline. (É minha garota predileta. Vocês vão ver.)

24: E este é o livro número vinte e quatro escrito em cento e setenta e um anos. No mês passado Charley me disse:

— Você não parece gostar de fazer estátuas ou de fazer qualquer outra coisa. Por que não escreve um livro? O último foi escrito há trinta e cinco anos. Já está na hora de alguém escrever outro.

Depois ele coçou a cabeça e disse:

— Rapaz, eu lembro que foi escrito há trinta e cinco anos, mas não consigo lembrar qual era o assunto. Acho que tinha uma cópia na serraria.

— Sabe quem escreveu? — falei.

— Não — disse ele. — Mas era alguém como você. Não tinha um nome comum.

Perguntei sobre o que eram os outros livros, os vinte e três anteriores, e ele disse que achava que um deles era sobre corujas.

— É isso mesmo, era sobre corujas, e também tinha um livro sobre pinhas, muito chato, e daí tinha um sobre Obras Esquecidas, teorias a respeito de como começou e surgiu — disse Charley. — O cara que escreveu o livro se chamava Mike, ele fez uma longa viagem por dentro das Obras Esquecidas. Creio que entrou uns cento e cinquenta quilômetros e desapareceu durante semanas. Foi além das altas Pilhas que dá para ver nos dias claros. Ele disse que havia Pilhas depois daquelas, ainda mais altas. Ele escreveu um livro sobre sua viagem a Obras Esquecidas. Não era um livro ruim, era muito melhor que os livros que a gente encontra em Obras Esquecidas. Aqueles livros são horríveis. Ele disse que ficou perdido durante dias e encontrou umas coisas com três quilômetros de largura que eram verdes. O túmulo dele é aquele que fica perto da estátua do sapo.

— Conheço bem esse túmulo — falei. — É um cara louro que usa um macacão cor de ferrugem.

— Sim, esse mesmo — disse Charley.

Pôr do sol

Quando terminei meu trabalho de escrita do dia, já estava quase na hora do pôr do sol e logo o jantar seria servido em euMORTE.

Desejava ver Pauline e comer o que ela tinha cozinhado e ver Pauline no jantar e talvez eu pudesse ficar com ela após o jantar. Poderíamos sair para uma longa caminhada, quem sabe ao longo do aqueduto.

Depois talvez pudéssemos ir para a cabana dela passar a noite ou ficar em euMORTE ou voltar para cá, se Margaret não derrubar a porta em sua próxima visita.

O sol estava se pondo sobre as Pilhas em Obras Esquecidas. Estas remontavam a uma época muito além da memória e resplandeciam no pôr do sol.

O grilo simpático

Saí, parei um pouco na ponte e dei uma olhada para o rio mais abaixo. Tinha um metro de largura. E havia duas estátuas saindo da água. Uma delas era da minha mãe. Ela era uma boa mulher. Eu a fiz há cinco anos.

A outra estátua era de um grilo. Essa não fui eu que fiz. Alguém a fez há muito tempo, no tempo dos tigres. É uma estátua muito simpática.

Eu gosto da minha ponte porque é feita de todas as coisas: madeira e pedras trazidas de longe e suaves tábuas de açúcar de melancia.

Caminhei na direção de euMORTE sob um longo e tranquilo crepúsculo que passou como um túnel acima de mim. Perdi euMORTE de vista quando passei dentro do bosque de pinheiros, e as árvores tinham um odor frio e cresciam continuamente, cada vez mais escuras.

Iluminando as pontes

Olhei para cima através dos pinheiros e vi a estrela-d'alva. Brilhava no céu com um tom confortável de vermelho, pois essa é a cor das nossas estrelas aqui. Elas têm sempre essa cor.

Contei uma segunda estrela-d'alva no lado oposto do céu, não tão imponente, mas tão bonita quanto a que chegou primeiro.

Cheguei à ponte verdadeira e à ponte abandonada. Elas ficam lado a lado sobre o rio. Trutas pulavam no rio. Uma truta de mais ou menos cinquenta centímetros saltou. Pensei que era um lindo peixe. Tinha certeza de que lembraria dele por um tempão.

Vi alguém se aproximar pela estrada. Era o Velho Chuck vindo de euMORTE para acender as lanternas na ponte verdadeira e na ponte abandonada. Caminhava devagar, pois era um homem muito velho.

O pessoal diz que ele está velho demais pra acender as luzes das pontes e que ele deveria era ficar numa boa lá em euMORTE e pegar mais leve. Mas o Velho

Chuck gosta de acender as lanternas e voltar pela manhã para apagá-las.

O Velho Chuck diz que todo mundo deveria ter alguma coisa para fazer e iluminar aquelas pontes era o lance que ele tinha para fazer. Charley concorda com ele.

— Deixa o Velho Chuck iluminar as pontes se ele curte fazer isso. Assim ele não apronta nenhuma travessura.

Isso é uma piada porque o Velho Chuck deve ter tipo uns noventa anos e está bem longe de fazer travessuras, movendo-se na velocidade das décadas.

O Velho Chuck enxerga muito mal e não me viu até quase bater em mim. Eu esperei ele chegar perto.

— Oi, Chuck — falei.

— Boa noite — respondeu ele. — Vim acender as lanternas das pontes. Como vai você esta noite? Vim acender as lanternas das pontes. É uma bela noite, não é?

— Sim — falei. — Linda.

O Velho Chuck enveredou pela ponte abandonada, sacou um fósforo de quinze centímetros de seu macacão e acendeu a lanterna ao lado da ponte que dá para euMORTE. A ponte abandonada está ali desde a época dos tigres.

Naqueles dias dois tigres foram presos na ponte e mortos e daí tacaram fogo na ponte. O fogo destruiu apenas parte dela.

Os corpos dos tigres caíram no rio e ainda dá para ver os ossos no fundo, nos pontos mais arenosos e jogados nas rochas e esparramados aqui e ali: ossos pequenos, costelas e um pedaço de crânio.

Existe uma estátua no rio ao lado dos ossos. É a estátua de alguém que foi morto pelos tigres há muito tempo. Ninguém sabe quem eles eram.

Nunca consertaram a ponte e agora é uma ponte abandonada. Tem uma lanterna em cada lado da ponte. O Velho Chuck as acende todas as noites, apesar de o pessoal dizer que ele está velho demais para isso.

A ponte verdadeira é toda feita de pinheiros. É uma ponte coberta e está sempre tão escuro dentro dela como dentro de uma orelha. As lanternas têm o formato de rostos.

Um rosto é o de uma linda criança e o outro rosto é de uma truta. O Velho Chuck acendeu as lanternas com os longos fósforos que sacou de seu macacão.

As lanternas da ponte abandonada são tigres.

— Vou caminhar com você de volta pra euMORTE — falei.

— Ah, não precisa — disse o Velho Chuck. — Sou lento demais. Você vai se atrasar pro jantar.

— E você? — falei.

— Eu já comi. Pauline me deu algo pra comer um pouco antes de sair.

— O que teremos pro jantar? — perguntei.

— Nem vem — disse o Velho Chuck, sorrindo. — Pauline disse que, se eu encontrasse você no caminho, não era pra contar o que tem hoje à noite pro jantar. Ela me fez prometer.

— Essa Pauline — falei.

— Ela me fez prometer — disse ele.

euMORTE

Já estava quase escuro quando cheguei a euMORTE. As duas estrelas-d'alvas agora brilhavam lado a lado. A menorzinha tinha passado por cima da maiorzona. Estavam tão próximas agora que quase se tocavam, e daí se juntaram e viraram uma só estrela bem grande.

Não sei se coisas como essas são justas ou não.

Havia luzes acesas em euMORTE. Observei-as enquanto descia a colina ao sair dos bosques. Pareciam cálidas, convidativas e alegres.

Um pouco antes de chegar a euMORTE, as coisas mudaram. euMORTE é assim: está sempre mudando. Para o bem. Subi os degraus até a varanda da frente, abri a porta e entrei.

Atravessei a sala de estar na direção da cozinha. Não havia ninguém na sala, nenhuma pessoa sentada nos sofás distribuídos ao longo do rio. Normalmente é ali que as pessoas se reúnem, ou então ficam nas árvores perto dos rochedos, mas lá também não tinha ninguém. Havia muitas lanternas brilhando ao longo do rio e nas árvores. Estava perto da hora do jantar.

Quando cheguei ao outro lado da sala, senti um cheiro bom que vinha da cozinha. Saí da sala e caminhei pelo corredor que passa debaixo do rio. Pude ouvir o rio acima de mim, brotando da sala de estar. O rio soava bem.

O corredor estava perfeitamente seco e dava para sentir o cheiro de coisas boas que saíam da cozinha e enchiam o corredor.

Quase todos estavam na cozinha: quer dizer, ao menos aqueles que fazem suas refeições em euMORTE. Charley e Fred papeavam sobre algum assunto. Pauline se preparava para servir o jantar. Todo mundo estava sentado. Ela ficou feliz em me ver.

— Olá, forasteiro — disse ela.

— Que tem pra jantar? — perguntei.

— Ensopado — respondeu ela. — Do jeito que você gosta.

— Maravilha — falei.

Ela me deu um sorriso simpático e sentou. Pauline usava um vestido novo e eu podia ver o agradável contorno de seu corpo.

O vestido tinha um decote largo e dava para ver a curva delicada de seus seios. Tudo aquilo me deixou muito contente. O vestido tinha um perfume adocicado porque era feito de açúcar de melancia.

— Como vai o livro? — perguntou Charley.

— Bem — falei. — Muito bem.

— Espero que não seja sobre pinhas — disse ele.

Pauline me serviu primeiro. Ela me deu uma enorme porção de ensopado. Todo mundo se ligou que eu era o primeiro a ser servido e reparou no tamanho da porção, e todos sorriram pois sabiam o que significava e estavam felizes com o que estava rolando.

A maioria deles não gostava mais de Margaret. Quase todos desconfiavam que ela tinha conspirado com naFERVURA e sua gangue, embora nunca tivesse existido uma evidência real.

— Este ensopado está bom demais — disse Fred. Ele pôs uma grande colherada de ensopado na boca, quase derramando um pouco sobre o macacão. — Hummmm... que bom — repetiu ele, dizendo em voz baixa: — Bem melhor do que cenouras.

Al quase o ouviu. Por um segundo ele deu uma olhada severa para Fred, mas, como não compreendeu totalmente o que ele tinha dito, relaxou e disse em seguida:

— Certeza que sim, Fred.

Pauline riu levemente, pois ela ouviu o comentário de Fred e eu dei uma olhada para ela como se dissesse: "Não ria alto demais, querida. Você sabe como Al é sensível quando se trata de sua habilidade culinária."

Pauline concordou com um aceno de cabeça.

— Contanto que não seja sobre pinhas — repetiu Charley, apesar de já terem se passado bem uns dez minutos desde que ele tinha falado alguma coisa pela última vez, e também havia sido algo sobre pinhas.

Os tigres

Depois de jantar, Fred disse que ia lavar louça. Pauline disse que de jeito nenhum, mas Fred insistiu já começando a tirar a mesa. Ele recolheu algumas colheres e pratos, e isso resolveu o assunto.

Charley disse que estava pensando em ir até a sala de estar, se sentar na margem do rio e fumar um cachimbo. Al bocejou. Os outros caras disseram que iam fazer outras coisas, e foram embora.

E daí o Velho Chuck apareceu.

— Por que demorou tanto? — perguntou Pauline.

— Resolvi descansar perto do rio. Então adormeci e tive um longo sonho com os tigres. Sonhei que eles estavam de volta.

— Que horrível — disse Pauline. Tremendo, encolheu os ombros como se fosse um passarinho e dispôs as mãos sobre eles.

— Não faz mal, está tudo bem — disse o Velho Chuck. Ele se sentou em uma cadeira. Levou um longo tempo para se sentar, e depois foi como se ele brotasse da cadeira, de tão colado que estava.

— Desta vez foi diferente — disse ele. — Eles tocavam instrumentos musicais e davam longos passeios ao luar. Eles paravam e tocavam perto do rio. Tinham instrumentos lindos. Eles também cantavam. Você se lembra de como suas vozes eram maravilhosas.

Pauline estremeceu novamente.

— Sim — falei. — Eles tinham vozes maravilhosas, mas nunca os ouvi cantar.

— Estavam cantando em meu sonho. Consigo me lembrar da música, mas não consigo recordar as palavras. Também fossem boas canções, e não havia nada de assustador nelas. Talvez eu esteja velho demais — disse ele.

— Não, eles tinham mesmo vozes maravilhosas — falei.

— Gostei das canções — disse ele. — Então acordei e fazia frio. Podia ver as lanternas nas pontes. As canções que eles cantavam eram como lanternas, queimavam óleo.

— Você me deixou um pouco preocupada — comentou Pauline.

— Não fique — disse ele. — Eu me sentei na grama e encostei em uma árvore e caí adormecido e tive um sonho longo com tigres, e eles cantavam canções, mas não consigo lembrar as palavras. Os instrumentos também eram legais. Pareciam com as lanternas.

A voz do Velho Chuck foi diminuindo cada vez mais. O corpo dele foi relaxando até parecer que sempre tinha estado naquela cadeira, e seus braços repousavam com suavidade em açúcar de melancia.

Mais conversas em euMORTE

Pauline e eu fomos para a sala e sentamos no sofá que havia entre as árvores próximas do grande monte de rochas. Estava cheio de lanternas à nossa volta.

Segurei a mão dela. A mão dela tinha muita força por conta da ternura e essa força fazia com que minha mão se sentisse segura, mas também provocava certa excitação.

Ela se sentou bem perto de mim. Eu podia sentir o calor do seu corpo através do seu vestido. Em minha cabeça, esse calor tinha a mesma cor do seu vestido, uma espécie de dourado.

— Como está indo o livro? — disse ela.

— Bem — falei.

— Sobre o que é? — perguntou.

— Ah, não sei — eu disse.

— É um segredo? — disse ela, sorrindo.

— Não — falei.

— É uma história romântica como alguns dos livros de Obras Esquecidas?

— Não — falei. — Não é igual àqueles livros.

— Eu me lembro quando era criança — disse ela. — A gente costumava queimar aqueles livros como combustível. Havia muitíssimos. Eles queimavam durante um tempão, mas agora já não há tantos assim.

— Este é só um livro — falei.

— Está certo — disse ela. — Vou deixá-lo em paz com isso, mas você não pode me culpar por estar curiosa. Faz tanto tempo que alguém aqui não escreve um livro. Pelo menos desde que eu nasci.

Fred apareceu depois de lavar os pratos. Ele nos viu mais acima, nas árvores. As lanternas nos iluminavam.

— Ei, vocês aí de cima — gritou.

— Oi — nós berramos pra ele.

Fred caminhou até nós, atravessando um riacho que desembocava no rio principal de euMORTE. Passou por uma pequena ponte metálica que ressoou seus passos. Acho que aquela ponte foi encontrada em Obras Esquecidas por naFERVURA. Ele a trouxe para cá e a instalou ali.

— Obrigado por lavar os pratos — disse Pauline.

— De nada — disse Fred. — Desculpe por incomodar vocês, mas pensei em vir aqui para lembrá-los de me encontrarem amanhã cedo na prensa de madeira. Tem algo lá que eu queria mostrar pra vocês.

— Tinha me esquecido — falei. — De que se trata?

— Eu mostro amanhã.

— Tá legal.

— É tudo o que tenho a dizer. Sei que vocês têm muito a conversar, então vou nessa. Realmente foi um bom jantar, Pauline.

— Você ainda está com aquela coisa que me mostrou hoje? — perguntei. — Gostaria que Pauline desse uma olhada.

— Que coisa? — disse Pauline.

— Algo que o Fred encontrou hoje no bosque.

— Não, não estou — disse Fred. — Deixei na minha cabana. Mostro amanhã no café da manhã.

— O que é? — disse Pauline.

— Não sabemos o que é — falei.

— É uma coisa com aparência meio estranha — disse Fred. — É tipo uma daquelas coisas de Obras Esquecidas.

— Ah — disse Pauline.

— Bem, de todo modo, lhe mostro amanhã cedo no café da manhã.

— Tá legal — disse ela. — Estou ansiosa pra ver isso aí, independentemente do que seja. Parece muito misterioso.

— Feito, então — disse Fred. — Agora vou nessa. Queria só lembrá-los de se encontrar comigo amanhã na prensa de madeira. É meio que importante.

— Não precisa sair tão apressado — falei. — Fique um pouco com a gente. Senta aí.

— Não, não, não. Valeu mesmo — disse Fred. — Preciso fazer uma coisa lá na minha cabana.

— Falou — eu disse.

— Tchau.

— Valeu de novo por lavar os pratos — disse Pauline.

— Não foi nada.

Um monte de boa noite

Já começava a ficar tarde e desci para dizer boa noite ao Charley. Mal dava para vê-lo sentado em seu sofá, perto das estátuas de que ele gosta e do lugar onde prepara uma pequena fogueira para se aquecer nas noites frias.

Bill havia se juntado a ele e estavam ali sentados, conversando com grande interesse a respeito de alguma coisa. Bill sacudia os braços no ar para ilustrar parte da conversa.

— Viemos dar boa noite — falei, interrompendo os dois.

— Opa, oi — disse Charley. — Boa noite. Quer dizer, como vão vocês?

— Tudo bem — falei.

— Foi um jantar maravilhoso — disse Bill.

— É mesmo, estava legal — concordou Charley. — Bom ensopado.

— Muito obrigada.

— Nos vemos amanhã — falei.

— Vai passar a noite aqui em euMORTE? — perguntou Charley.

— Não — falei. — Vou passar a noite com Pauline.

— Acho uma boa — disse Charley.

— Boa noite.

— Boa noite.

— Boa noite.

— Boa noite.

Vegetais

A cabana de Pauline ficava a mais ou menos um quilômetro e meio de euMORTE. Ela não passa muito tempo ali. Fica além da vila. Nós somos mais ou menos trezentos e setenta e cinco aqui em Açúcar de Melancia.

Uma penca de gente mora na cidade, mas alguns moram em cabanas em outros lugares e há, é claro, nós que moramos em euMORTE.

Há poucas luzes acesas na vila que não sejam as lâmpadas das ruas. A luz de Doc Edwards estava acesa. Ele sempre teve problemas para dormir à noite. A luz do professor também estava acesa. Provavelmente ele devia estar trabalhando em alguma lição para as crianças.

Paramos na ponte sobre o rio. Na ponte há lanternas verdes pálidas. Elas têm o formato de silhuetas humanas. Pauline e eu nos beijamos. Sua boca estava úmida e fresca. Quem sabe por causa da noite.

Ouvi uma truta pular no rio, uma saltadora tardia. A truta fez um chuá parecido com o de uma porta estreita. Havia uma estátua ali perto. A estátua era de um feijão gigantesco. É isso mesmo, um feijão.

Há muito tempo havia alguém que gostava de vegetais e existem vinte ou trinta estátuas de vegetais esparramadas aqui e acolá em Açúcar de Melancia.

Tem uma estátua de alcachofra perto do telheiro e uma cenoura de três metros perto do viveiro de trutas de euMORTE, uma de alface próxima da escola e uma réstia de cebolas perto da entrada de Obras Esquecidas, e há outras estátuas de verduras perto das cabanas onde o pessoal mora e uma couve-nabo perto do estádio.

A pouca distância de minha cabana assoma a estátua de uma batata. Não que eu tenha um gosto especial por eles, mas há muito tempo alguém amava vegetais.

Uma vez perguntei ao Charley se ele sabia quem foi, mas ele me disse que não fazia a menor ideia.

— Mas que devia gostar de vegetais — disse Charley —, isto devia.

— Verdade — falei. — Tem uma estátua de batata não muito longe da minha cabana.

Continuamos pela estrada até a casa de Pauline. Passamos por Obras de Melancia. Estava escura e silenciosa. Amanhã cedo vai estar repleta de luz e atividade. Dava para ver o aqueduto. Agora não passava de uma longa sombra.

Alcançamos outra ponte sobre o rio. Havia as costumeiras lanternas em cima da ponte e estátuas no rio. Havia uma dezena ou mais de luzes pálidas saindo do fundo do rio. Eram túmulos.

Nós paramos.

— Os túmulos estão bem bonitos esta noite — disse Pauline.

— Realmente — falei.

— A maior parte desses pertence a crianças, não é?

— Sim — falei.

— São túmulos lindos de verdade — disse Pauline.

Mariposas revoaram acima da luz que vinha dos túmulos lá embaixo no rio. Havia cinco ou seis mariposas revoando sobre cada túmulo.

De repente uma grande truta saltou sobre um túmulo para fora da água e abocanhou uma mariposa. As outras mariposas se espalharam e depois voltaram, e a mesma truta pulou de novo e pegou outra mariposa. Era uma velha truta muito da espertinha.

A truta não saltou mais e as mariposas revoaram em paz acima da luz que saía dos túmulos.

Margaret outra vez

— Como Margaret está encarando tudo isto? — perguntou Pauline.

— Eu não sei — falei.

— Ela está de coração partido ou louca ou o quê? Você sabe como ela se sente? — disse Pauline. — Ela tocou no assunto depois que você contou pra ela? Pois ela não falou mais comigo. Eu a vi ontem perto de Obras de Melancia. Eu a cumprimentei, mas ela passou por mim sem dizer nada. Parecia muito chateada.

— Não sei como ela está se sentindo — falei.

— Pensei que ela estaria em euMORTE ontem à noite, mas ela não apareceu por lá — disse Pauline. — Não sei por que pensei que ela estaria lá. Apenas pressenti, mas me enganei. Você a viu?

— Não — falei.

— Fico imaginando por onde ela andará — disse Pauline.

— Acho que ela está ficando com o irmão dela.

— Eu me sinto muito mal com isso tudo. Margaret e eu éramos boas amigas. Durante todos os anos que passamos juntas em euMORTE — disse Pauline. — Éramos como irmãs. Lamento que as coisas tenham acontecido desse jeito, mas não há nada que a gente possa fazer.

— O coração é uma coisa de louco. Ninguém sabe o que pode acontecer — falei.

— Tem razão — disse Pauline.

Ela parou e me beijou. Então atravessamos a ponte rumo à cabana dela.

A cabana de Pauline

A cabana de Pauline é toda feita de açúcar de melancia, exceto pela porta, que é de um pinho de belo aspecto manchado de cinza com uma maçaneta de pedra.

Até as janelas são feitas de açúcar de melancia. Aqui há muitas janelas feitas de açúcar. É muito difícil perceber a diferença entre açúcar e vidro, pelo modo como o açúcar é usado por Carl, o vidraceiro. É uma coisa que depende de quem faz. É uma arte delicada e Carl tem o dom.

Pauline acendeu uma lanterna. A fragrância do óleo de melantruta queimando se esparramou. Aqui temos um modo de misturar melancia e truta para fazer um agradável óleo para nossas lamparinas. Nós o utilizamos para todo tipo de iluminação. Possui um aroma agradável e produz uma boa luz.

A cabana de Pauline é simples como todas as nossas cabanas são. Tudo está em seu devido lugar. Pauline usa a cabana apenas para escapar de euMORTE por algumas horas, ou por uma noite, quando assim o deseja.

Cada um de nós que ficamos em euMORTE temos cabanas para visitar quando bem entendermos. Eu passo mais tempo em minha cabana que os demais. Em geral, durmo apenas uma noite por semana em euMORTE. É claro que faço a maioria das minhas refeições por lá. Nós que não temos nomes comuns passamos um bocado de tempo sozinhos. Isso nos agrada.

— Bem, aqui estamos — disse Pauline. Ela pareceu linda sob a luz da lamparina. Seus olhos brilhavam.

— Vem cá, por favor — falei. Ela veio por cima de mim e eu beijei sua boca e toquei seus seios. Eles pareciam tão macios e firmes. Enfiei minha mão debaixo da parte da frente da sua saia.

— Que gostoso — disse ela.

— Vamos fazer um pouco mais — falei.

— Seria ótimo — disse ela.

Subimos na cama dela e nos deitamos. Tirei seu vestido. Ela não usava nada por baixo. Fizemos assim por um tempo. Então eu tirei meu macacão e deitei ao lado dela.

Um amor, um vento

Fizemos amor lentamente, por um longo tempo. Bateu um vento e as janelas vibraram de leve e as peças de açúcar foram entreabertas com delicadeza pelo vento.

Eu gostava do corpo de Pauline e ela disse que também gostava do meu, e não conseguimos pensar em mais nada para dizer.

O vento parou de súbito e Pauline disse:

— O que foi isso?

— Foi o vento.

Os tigres outra vez

Depois de fazer amor, conversamos sobre os tigres. Foi Pauline quem começou. Seu corpo quente estava deitado junto ao meu, e ela quis conversar sobre os tigres. Disse que o sonho do Velho Chuck a levou a pensar neles.

— Fico pensando por que eles sabem falar a nossa língua — ela disse.

— Ninguém sabe — eu disse —, mas eles também podem falar. Charley costuma dizer que fomos tigres há muito tempo e nos transformamos, porém eles não. Sei lá se é verdade. Mas é uma ideia interessante.

— Nunca ouvi a voz deles — disse Pauline. — Eu não passava de uma criança e havia poucos velhos tigres remanescentes, mal saíam das colinas. Eram velhos demais para serem perigosos e estavam sempre sendo caçados. Eu tinha seis anos de idade quando caçaram o último deles. Lembro-me dos caçadores trazendo-o para euMORTE. Centenas de pessoas estavam acompanhando. Os caçadores disseram que o mataram no topo das colinas, e lá se foi o último tigre. Eles trouxeram o tigre para euMORTE e todo mundo estava acompanhando. Eles o cobriram com lenha empapada em óleo de melantruta. Galões e galões de óleo. Lembro que as pessoas jogaram flores na pilha e permaneceram ao redor, chorando pelo fato de ser o último tigre. Charley riscou um fósforo e acendeu a fogueira, que ardeu com uma enorme chama alaranjada durante horas e horas, lançando fumaça preta pelo ar. Ardeu até não sobrar nada além de cinzas; depois os homens começaram de imediato a construir o viveiro de trutas de euMORTE, no exato local onde o tigre tinha sido queimado. É difícil pensar nisso agora, quando a gente dança por lá. Acho que você se lembra disso tudo — disse Pauline. — Você também estava lá. Estava ao lado de Charley.

— É verdade — eu disse. — Eles tinham lindas vozes.

— Eu nunca os escutei — disse ela.

— Quem sabe tenha sido melhor assim — eu disse.

— Talvez você tenha razão — disse ela. — Tigres — e logo caiu adormecida em meus braços. Seu sono tentou se converter em meu braço, e depois em meu corpo, mas não deixei que isso acontecesse, pois de repente me senti inquieto.

Levantei-me e vesti meu macacão e saí para uma de minhas habituais e longas caminhadas noturnas.

Aritmética

A noite estava agradável e as estrelas avermelhadas. Dei uma volta até as Obras de Melancia. É onde a gente processa as melancias em açúcar. Retiramos o suco das melancias e o cozinhamos até não restar nada além do açúcar, e depois o convertemos na forma desta coisa que temos: nossas vidas.

Sentei em um sofá à beira do rio. Pauline me fez pensar nos tigres. Fiquei lá sentado pensando neles, em como foi que eles mataram e comeram os meus pais.

Vivíamos em uma cabana às margens do rio. Meu pai plantava melancias e minha mãe assava pães. Eu ia para a escola. Tinha nove anos e andava meio encrencado com aritmética.

Certa manhã, os tigres apareceram enquanto a gente tomava o café da manhã, e, antes mesmo que o meu pai pudesse sacar uma arma, eles o mataram e então mataram minha mãe. Meus pais nem tiveram tempo de dizer qualquer coisa antes de serem mortos.

Eu ainda segurava a colher do mingau que estava comendo.

— Não tenha medo — disse um dos tigres —, não vamos machucar você. A gente não machuca crianças. Fique sentado aí onde está e lhe contaremos uma história.

Um dos tigres começou a comer minha mãe. Ele arrancou o braço dela com uma mordida e começou a mastigá-lo.

— Que tipo de história você gostaria de ouvir? Conheço uma boa sobre um coelho.

— Eu não quero ouvir história nenhuma — eu disse.

— Tá legal — disse o tigre e tascou uma mordida em meu pai. Fiquei sentado ali um tempão com a colher na mão, e daí eu a baixei.

— Essa aí era a minha família — por fim eu disse.

— Desculpe — disse um dos tigres. — Desculpe mesmo, de verdade.

— É — continuou o outro tigre —, a gente não ia fazer isso se não tivesse de fazer, se a gente não se sentisse absolutamente forçado a fazer isso. É que esta é a única maneira de continuarmos vivos.

— A gente é igual a você — disse o outro tigre. — Falamos a mesma língua. A gente pensa as mesmas coisas, só que nós somos tigres.

— Vocês poderiam me ajudar com a aritmética — falei.

— E do que se trata? — disse um dos tigres.

— Da minha aritmética.

— Ah, a sua aritmética.

— Isso.

— O que você gostaria de saber? — disse um dos tigres.

— Quanto é nove vezes nove?

— Oitenta e um — disse um tigre.

— E oito vezes oito?

— Cinquenta e seis — disse um tigre.

Perguntei a eles pelo menos uma dezena de questões: seis vezes seis, sete vezes quatro etc. Eu andava mesmo encrencado em aritmética. Por fim os tigres terminaram se entediando com as minhas perguntas e me mandaram embora.

— Tá legal — falei. — Vou lá pra fora.

— Não se afaste muito — disse um dos tigres. — Não queremos que alguém venha aqui e nos mate.

— Tá legal.

Os dois voltaram a comer meus pais. Saí e fiquei sentado na margem do rio.

— Sou um órfão — falei.

Dava para ver uma truta no rio. Ela nadou na minha direção e então parou bem na beira onde o rio acaba e a terra começa. Ela olhou para mim.

— Você não sabe de nada — eu disse para a truta.

Isso aconteceu antes de eu ir viver em euMORTE.

Depois de uma hora mais ou menos os tigres saíram se espreguiçando e dando bocejos.

— É um lindo dia — disse um dos tigres.

— É mesmo — disse o outro tigre. — Maravilhoso.

— Pedimos mil desculpas por ter matado e comido os seus pais. Por favor, espero que compreenda. Nós, tigres, não somos malvados. Isso é só um negócio que a gente tem de fazer.

— Tá certo — eu disse. — Muito obrigado por me ajudar com a aritmética.

— De nada.

Os tigres foram embora.

Fui até euMORTE e contei para Charley que os tigres tinham comido os meus pais.

— Que pena — disse ele.

— Os tigres são tão legais. Por que eles têm de aparecer e fazer esse tipo de coisa? — eu disse.

— Não podem evitar — disse Charley. — Eu também gosto dos tigres. Já tive muitas conversas boas com eles. São muito legais e têm uma maneira interessante de expor as coisas, porém logo teremos de nos livrar deles. Em breve.

— Um deles me ajudou com a aritmética.

— São muito atenciosos — disse Charley. — Mas são perigosos. O que você pretende fazer agora?

— Eu não sei — eu disse.

— Que tal vir morar aqui em euMORTE? — disse Charley.

— Parece uma boa — eu disse.

— Muito bem — disse Charley. — Combinado.

Aquela noite regressei até a cabana e a incendiei. Isso foi há vinte anos, apesar de parecer que aconteceu ontem: quanto é oito vezes oito?

Ela estava

Finalmente deixei de pensar nos tigres e regressei para a cabana de Pauline. Ia deixar para pensar nos tigres outro dia. Ainda haveria muitos.

Queria passar a noite com Pauline. Eu sabia que ela estaria maravilhosa em seu sono, aguardando pelo meu retorno. E estava.

Um cordeiro no falso amanhecer

Pauline começou a falar enquanto dormia, no falso amanhecer debaixo das cobertas de melancia. Ela contou uma pequena história sobre um cordeiro que saiu para passear.

— O cordeiro se sentou em meio às flores — disse ela. — O cordeiro estava numa boa.

E esse foi o final da história.

Pauline sempre fala enquanto dorme. Na semana passada ela cantou uma pequena canção. Esqueci como era.

Coloquei minha mão sobre o peito dela. Ela se agitou. Retirei minha mão do peito e ela se tranquilizou de novo.

Ela se sentia muito bem na cama. Havia um delicioso aroma sonolento exalado por seu corpo. Talvez viesse de onde o cordeiro estava sentado.

O sol de melancia

Acordei antes de Pauline e vesti meu macacão. Uma fenda de sol cinza brilhou através da janela e pousou sereno no piso. Cheguei perto e dispus meu pé sobre ele, e então meu pé ficou cinza.

Olhei janela afora, pelos campos e bosques de pinheiros e pela vila até Obras Esquecidas. Tudo era tocado pelo cinza: o gado que pastava nos campos e os tetos das cabanas e as grandes Pilhas em Obras Esquecidas, tudo parecia poeira. Até o próprio ar parecia cinza.

Aqui temos uma coisa interessante sobre o sol. A cada dia, ele brilha com uma cor diferente. Ninguém sabe porque isso acontece, nem mesmo o Charley. Fazemos o melhor possível para cultivar melancias com cores diferentes.

Fazemos assim: as sementes retiradas de uma melancia cinza colhida em um dia cinza e plantadas em um dia cinza produzirão mais melancias cinza.

É bastante simples. As cores dos dias e das melancias são as seguintes:

Segunda-feira: melancias vermelhas.

Terça-feira: melancias douradas.

Quarta-feira: melancias cinza.

Quinta-feira: melancias pretas e silenciosas.

Sexta-feira: melancias brancas.

Sábado: melancias azuis.

Domingo: melancias marrons.

Hoje será um dia de melancias cinza. Prefiro amanhã: os dias de silenciosas melancias pretas. Quando as cortamos, não fazem nenhum ruído, e são muito doces.

São muito boas para se produzir coisas que não façam som. Lembro-me de um homem que fazia relógios de silenciosas melancias pretas e seus relógios eram silenciosos.

O homem fez seis ou sete desses relógios e depois morreu.

Um desses relógios está dependurado em cima do seu túmulo. Está dependurado nos galhos de uma macieira e é sacudido pelo vento que sobe e desce o rio. É claro que não dá mais as horas.

Pauline despertou quando eu calçava os sapatos.

— Oi — disse ela, esfregando os olhos. — Já de pé. Que horas serão?

— Quase seis.

— Hoje preciso preparar o café da manhã em euMORTE — disse ela. — Vem aqui me dar um beijo e me contar o que você quer de café da manhã.

Mãos

Caminhamos de volta até euMORTE de mãos dadas. Mãos são coisas muito especiais, sobretudo depois de fazer amor.

Margaret outra vez, outra vez

Sentei-me na cozinha de euMORTE para observar Pauline enquanto ela preparava a massa para fazer bolos quentes, minha comida predileta. Ela colocou farinha, ovos e outras coisas boas dentro de uma enorme tigela azul e bateu a massa com uma grande colher de madeira, quase grande demais para a mão dela.

Ela usava um vestido muito bonito e seu cabelo estava penteado em um coque no topo da cabeça. Eu tinha parado no meio do caminho para colher algumas flores para o cabelo dela.

Eram campânulas.

— Será que a Margaret vai aparecer hoje aqui? — disse ela. — Vou ficar feliz quando voltarmos a nos falar de novo.

— Não se preocupe com isso — eu disse. — Vai dar tudo certo.

— É que, bom, Margaret e eu éramos tão amigas. Sempre gostei de você, porém nunca pensei que teríamos algo além de amizade — disse ela. — Você e Margaret foram tão próximos durante anos. Espero apenas que tudo dê certo e que Margaret encontre outro alguém e seja minha amiga de novo.

— Não se preocupe.

Fred entrou na cozinha apenas para dizer:

— Hummmm... bolinhos quentes.

E depois saiu.

Morangos

Charley deve ter comido sozinho pelo menos uns dez bolinhos quentes. Eu nunca tinha visto ele comer tantos bolinhos quentes e Fred comeu vários além dos que Charley comeu.

Foi lindo de se ver.

Havia uma bandeja de bacon, muito leite fresco e uma grande garrafa de café bem forte, e também havia uma tigela de morangos recém-colhidos.

Uma garota viera da vila um pouco antes do café da manhã para trazê-los. Ela era uma garota bem gentil.

Pauline disse:

— Muito obrigada, e que lindo vestido você está usando esta manhã. Você mesma que o fez? Deve ter sido, pois é tão lindo.

— Poxa, muito obrigada — disse a garota, corando. — Eu queria trazer uns morangos para o café da manhã de euMORTE, então levantei bem cedo e os colhi na beira do rio.

Pauline comeu um dos morangos e passou um deles para mim.

— Nossa, esses morangos estão ótimos — disse Pauline. — Você deve conhecer um bom lugar para colhê-los e precisa me mostrar onde é.

— Fica perto da estátua de couve-nabo lá do estádio — disse a garota —, mais ou menos na altura daquela ponte verde engraçadinha.

Ela devia ter perto de catorze anos e parecia mesmo satisfeita por seus morangos terem causado aquele estardalhaço em euMORTE.

Todos os morangos foram comidos no café da manhã, assim como os bolinhos quentes.

— Esses bolinhos quentes estavam uma delícia — disse Charley.

— Quer mais alguns? — disse Pauline.

— Só mais unzinho, talvez, se tiver sobrado massa.

— Sobrou bastante — disse Pauline. — E você, Fred?

— Bom, quem sabe mais unzinho.

O professor

Depois do café da manhã eu beijei Pauline enquanto ela lavava a louça e fui com Fred até Obras de Melancia ver algo que ele queria me mostrar na prensa de madeira.

Fomos com calma, aproveitando o longo passeio pela manhã de sol cinza. Parecia que podia chover, mas era claro que não. A primeira chuva do ano não aconteceria antes de doze de outubro.

— Margaret não apareceu esta manhã — disse Fred.

— É mesmo — eu disse.

Paramos um pouco e conversamos com o professor que levava seus alunos da escola para uma caminhada no bosque. Enquanto conversávamos com ele, todas as crianças se sentaram no gramado próximo, reunindo-se em disposição de anel como se fossem cogumelos ou margaridas.

— Bem, e como vai o livro? — perguntou o professor.

— Está indo bem — respondi.

— Estou muito curioso pra vê-lo — disse o professor. — Você sempre teve jeito com as palavras.

Ainda lembro daquele ensaio que você escreveu sobre o clima quando estava na sexta série. Era formidável. Sua descrição das nuvens no inverno era precisa e muito emocionante ao mesmo tempo, além de ter certo conteúdo poético. Sim, estou muito interessado em ler o seu livro. Você pode dar alguma pista sobre qual será o assunto?

Enquanto isso, Fred dava sinais de estar entediado. Sentou-se com as crianças e começou a papear com um garoto a respeito de alguma coisa.

— Você expandiu seu ensaio sobre o clima ou o livro é sobre algum outro assunto?

O garoto estava muito interessado naquilo que Fred dizia. Mais uma dupla de meninos se aproximou.

— Ah, ainda estou desenvolvendo — eu disse. — É muito complicado falar sobre ele. Porém você será um dos primeiros a ler quando estiver pronto.

— Sempre tive fé de que você se tornaria um escritor — disse o professor. — Por um tempão pensei em escrever um livro eu mesmo, mas dar aulas me absorve muito tempo.

Fred sacou algo do bolso e mostrou para o garoto que observou a coisa e depois passou para as outras crianças.

— Sim, pensei que escreveria um livro sobre o ensino, mas logo percebi que andava ocupado demais ensinando para ter tempo de escrever. Porém é muito inspirador para mim ver um dos meus melhores e mais antigos alunos carregando a gloriosa bandeira de algo que não fiz por estar demasiado ocupado. Boa sorte.

— Muito obrigado.

Fred devolveu a coisa ao bolso e o professor fez com que todos os alunos ficassem de pé e eles saíram pelo bosque.

Ele contava às crianças algo muito importante. Era possível perceber isso, pois apontava para mim, e então apontou para uma nuvem que o vento empurrava sobre nossas cabeças.

Debaixo da prensa de madeira

Ao nos aproximarmos de Obras de Melancia, o ar era inundado pelo doce aroma do açúcar que fervia nos tonéis. Havia grandes camadas e tiras e formas de açúcar endurecendo ao sol: açúcar vermelho, açúcar dourado, açúcar cinza, silencioso açúcar preto, açúcar branco, açúcar azul, açúcar marrom.

— Realmente o açúcar tem uma aparência ótima — disse Fred.

— É mesmo.

Acenei para Ed e Mike, cujo trabalho era manter os pássaros longe do açúcar. Eles acenaram de volta, e daí um deles começou a correr atrás de um passarinho.

Devia ter cerca de dez pessoas trabalhando em Obras de Melancia quando entramos. Peter alimentava com madeira grandes fogueiras situadas debaixo dos dois tonéis. Parecia estar com calor e estava muito suado, mas essa era sua condição natural.

— Como está ficando o açúcar? — perguntei.

— Ótimo — disse ele —, um montão de açúcar. E como vão as coisas em euMORTE?

— Indo — eu disse.

— E essa história sua com a Pauline?

— Pura fofoca — eu disse.

Gosto de Pete. Somos amigos há anos. Quando eu era criança costumava vir até Obras de Melancia e dar-lhe uma mãozinha com as fogueiras.

— Aposto que Margaret tá puta da vida — disse ele. — Ouvi dizer por aí que ela anda obcecada contigo. Foi o irmão dela que disse. Ela está meio que pirando.

— Não sei de nada disso aí — falei.

— Veio fazer o que aqui? — disse ele.

— Vim só jogar um pouco de lenha na fogueira — falei, alcançando uma bela tora de pinheiro e jogando debaixo de um tonel.

— Como nos velhos tempos — disse ele.

O capataz saiu de seu escritório e se juntou a nós. Parecia meio cansado.

— Oi, Edgar — falei.

— Olá — disse ele. — Tudo bem? Bom dia, Fred.

— Bom dia, chefia.

— O que os traz aqui? — disse Edgar.

— O Fred quer me mostrar uma coisa.

— Do que se trata, Fred? — disse Edgar.

— É assunto particular, chefia.

— Ah. Bem, então mostra pra ele.

— Vou mostrar, chefia.

— Legal ver você por aqui — disse Edgar para mim.

— Você parece um pouco cansado — falei.

— Pois é, ontem fiquei acordado até tarde da noite.

— Bom, veja se dorme hoje à noite — eu disse.

— É o que pretendo. Assim que sair do trabalho vou direto pra cama. Nem vou jantar, talvez só beliscar alguma coisa.

— Dormir faz bem — disse Fred.

— Acho melhor voltar pro escritório — disse Edgar. — Preciso terminar uma papelada. Vejo vocês mais tarde.

— Ótimo, Edgar, até logo.

O capataz regressou ao seu escritório, então acompanhei Fred até a prensa de madeira. É lá que preparamos tábuas de melancia. Hoje estão produzindo tábuas douradas.

Fred é o assistente do capataz, e o resto de sua equipe já estava por lá, preparando as tábuas.

— Bom dia — disse a equipe.

— Bom dia — disse Fred. — Vamos parar com isso aqui só por um minuto.

Um dos rapazes desligou o interruptor e Fred fez com que eu me agachasse e rastejasse até um canto muito escuro debaixo da prensa, onde ele acendeu um fósforo e me mostrou um morcego dependurado de cabeça para baixo na estrutura.

— Que acha disso? — perguntou Fred.

— Caramba — falei olhando pro morcego.

— Descobri faz uns dois dias — disse ele. — Não é extraordinário?

— Imbatível! Já largou com uma cabeça de vantagem — falei.

Até a hora do almoço

Após admirar o morcego de Fred e sair rastejando de debaixo da prensa de madeira, eu lhe disse que precisava subir de volta até minha cabana e trabalhar um pouco: plantar umas flores e coisas assim.

— Você pretende almoçar em euMORTE? — disse ele.

— Não, estava pensando em comer algo mais tarde no café do centro da vila. Não quer ir comigo, Fred?

— É uma boa — disse ele. — Acho que hoje servem salsichas com chucrute.

— Isso foi ontem — disse alguém da equipe.

— É verdade — disse Fred. — Hoje é bolo de carne, que lhe parece?

— Ótimo — eu disse. — Então vejo você no almoço, por volta do meio-dia.

Deixei Fred supervisionando a prensa de madeira com suas grandes tábuas de açúcar de melancia que desciam pela esteira. Os produtos de Obras de Melancia borbulhavam e eram secados, doces e amáveis sob o cálido sol cinza.

E Ed e Mike caçavam passarinhos. Mike estava afugentando um pisco-de-peito-ruivo.

Os túmulos

No caminho até a cabana, decidi baixar em direção ao rio, onde instalavam um novo túmulo, e olhar as trutas curiosas que sempre se reúnem quando ocorre a instalação de um túmulo.

Atravessei a vila. Estava meio quieto, havia apenas algumas poucas pessoas na rua. Vi Doc Edwards indo a algum lugar com sua valise na mão e acenei para ele.

Ele retribuiu o aceno, fazendo um gesto para indicar que estava a caminho de algo urgente. Devia ter alguém doente no povoado. Dei tchau para ele.

Dois velhos estavam sentados em cadeiras de balanço na porta principal do hotel. Um deles balançava e o outro estava adormecido. O que dormia tinha um jornal no colo.

Dava para sentir o cheiro de pão assado vindo da padaria e havia dois cavalos amarrados em frente ao armazém. Reconheci um dos cavalos de euMORTE.

Caminhei para fora da vila e passei ao largo das árvores que ficam na extremidade da pequena horta de melancias. Havia musgo pendendo das árvores.

Um esquilo escalou os galhos de uma árvore. Não tinha a cauda. Fiquei imaginando o que poderia ter acontecido com a cauda dele. Acho que ele a perdeu por aí.

Sentei-me em um banco à beira do rio. Havia uma estátua de grama bem atrás do banco. As lâminas eram feitas de cobre e tinham adquirido a cor natural por causa da água da chuva ao longo dos anos.

Quatro ou cinco caras estavam instalando o túmulo. Era a Turma da Cova. O túmulo estava sendo instalado no fundo do rio. É assim que enterramos nossos mortos por aqui. É claro que tínhamos um número muito maior de túmulos quando os tigres proliferavam por aí.

Porém agora nós os enterramos todos em ataúdes de vidro no fundo dos rios e colocamos fogos-fátuos nos túmulos, para que assim brilhem de noite e a gente possa apreciar o que vai acontecer depois.

Vi um grupo de trutas reunidas para observar o túmulo sendo instalado. Eram lindas trutas arco-íris. Devia ter mais ou menos umas cem delas em um trecho exíguo do rio. As trutas têm uma enorme curiosidade por essa atividade e muitas se reúnem para assisti-la.

A Turma da Cova tinha mergulhado a Perfuratriz no rio e o motor bombeava. Agora eles preparavam a cobertura de vidro. Em breve o túmulo estaria completo e sua porta poderia ser aberta quando preciso e alguém entraria nele para permanecer para todo o sempre.

A Grã-Truta Velha

Enquanto observava a construção do túmulo, vi uma truta que conheço há muito tempo. Era a Grã--Truta Velha, criada desde alevino no viveiro de trutas de euMORTE. Eu sabia disso porque ela carregava a sineta de euMORTE presa à mandíbula. É bastante velha, pesa muitos quilos e se movimenta lentamente com grande sabedoria.

A Grã-Truta Velha costuma passar todo o tempo na parte de cima do rio, contra a correnteza, ao redor da Estátua de Espelhos. Antigamente eu passava muitas horas olhando essa truta no remanso fundo que tem por lá. Ela deve ter ficado curiosa sobre esse túmulo em particular e veio cá para baixo observar sua construção.

Pensei nisso porque a Grã-Truta Velha em geral dá pouca atenção à construção dos túmulos. Talvez por ela já ter visto tantos na sua vida.

Lembro-me de uma vez em que instalavam um túmulo não muito longe da Estátua de Espelhos e ela não se moveu nem um só centímetro durante os dias necessários para a instalação, que foi muito difícil.

Logo após ser instalado, o túmulo desabou. Charley foi até lá e balançou a cabeça desconsolado. O túmulo teve de ser inteiramente reconstruído.

Mas agora a truta observava a construção desse túmulo com muita atenção. Mantinha-se apenas a alguns centímetros acima do fundo e cerca de três metros da Perfuratriz.

Desci e me acocorei na beira do rio. A truta não se assustou nem um pouco com a minha aproximação. A Grã-Truta Velha olhou para mim.

Acredito que ela me reconheceu, pois olhou para mim durante uns dois minutos e depois se voltou para seguir acompanhando a instalação do túmulo e a finalização da última parte.

Fiquei ali na beira do rio mais um pouco e, quando fui embora para minha cabana, a Grã-Truta Velha deu meia-volta e olhou para mim. Achei que ela continuava a olhar para mim quando saí de seu campo de visão.

LIVRO DOIS:

naFERVURA

Nove coisas

Foi bom estar de volta à minha cabana, só que havia um bilhete de Margaret na porta. Li o bilhete, não gostei nada e o joguei fora, de modo que nem o próprio tempo pudesse encontrá-lo.

Sentei-me na mesa e olhei pela janela na direção de euMORTE. Tinha algumas coisas a fazer com minha pena e tinta e as fiz rapidamente e sem vacilos, dispondo-as por escrito em tinta de semente-de-melancia sobre as folhas com aroma adocicado de madeira feitas por Bill lá no telheiro.

Depois pensei em plantar algumas flores ao pé da estátua de batata, um punhado delas formando um círculo em volta daquela batata com dois metros de altura ficaria bem bacana.

Fui até o baú onde guardo minhas coisas para pegar algumas sementes e percebi que estava tudo bagunçado. Então, antes de plantar as sementes, coloquei as coisas em ordem.

Eu tenho mais ou menos nove coisas: uma bola de criança (não consigo me lembrar de qual criança), um presente que ganhei de Fred nove anos atrás, meu ensaio sobre o clima, alguns números (1–24), um par extra de macacões, um pedaço de metal azul, algo que consegui em Obras Esquecidas, uma mecha de cabelo que precisa ser lavada.

Retirei as sementes porque pretendia semeá-las no chão ao redor da batata. Tenho algumas outras coisinhas que guardo em meu quarto em euMORTE. Tenho um quarto bem legal por lá, em frente ao viveiro de trutas.

Fui para fora e plantei as sementes em volta da batata e pensei de novo em quem é que poderia gostar tanto assim de vegetais, e onde estaria sepultado, sob qual rio ou se teria sido comido por um tigre há muito tempo, após ouvir a linda voz do tigre dizer:

— Gosto muito das suas estátuas, principalmente daquela couve-nabo do estádio de beisebol, mas infelizmente...

Margaret outra vez, outra vez, outra vez

Passei mais ou menos meia hora andando para lá e pra cá sobre a ponte, porém não consegui encontrar aquela tábua em que Margaret sempre pisava, aquela prancha que ela não evitaria nem que todas as pontes do mundo fossem reunidas e formassem uma única ponte. Ela continuaria a pisar naquela tábua.

Um cochilo

De repente me senti muito cansado e decidi dar um cochilo antes do almoço. Entrei na cabana e deitei na cama. Dei uma olhada para o teto, para as vigas de açúcar de melancia. Fiquei observando os veios e logo adormeci.

Tive dois sonhos breves. Um deles era sobre uma mariposa. A mariposa se equilibrava em cima de uma maçã.

Depois tive um sonho longo, que mais uma vez foi sobre a história de naFERVURA e sua gangue e as coisas terríveis que aconteceram há poucos meses.

Uísque

naFERVURA e sua gangue viviam em um amonto-
ado de barracões miseráveis cheios de goteiras perto
de Obras Esquecidas. Viveram ali até morrerem. Acho
que havia ao menos vinte deles. Apenas homens, como
naFERVURA, e nenhum deles prestava.

No começo, só naFERVURA vivia ali. Ele entrou
em uma senhora briga uma noite com Charley e
mandou ele pro inferno e que preferia viver em Obras
Esquecidas a viver em euMORTE.

— Para o diabo com euMORTE — disse ele e partiu.
Construiu para si um barraco repugnante em
Obras Esquecidas. Passava o tempo cavando pra cima
e pra baixo e produzindo uísque com qualquer coisa.

Depois uma dupla de outros caras chegou e se
juntou a ele, e de tempos em tempos, muito de vez
em quando, um novo sujeito se juntava a eles. Dava
até para adivinhar quem seria o próximo.

Antes de se reunirem à gangue de naFERVURA,
em geral eram infelizes e nervosos e desonestos ou
tinham mãos-leves, além de falarem muito a respeito

de assuntos que o pessoal do bem não compreendia nem se interessava.

Tornavam-se cada vez mais nervosos sem motivo e afinal se ouvia dizer que tinham se juntado à gangue de naFERVURA e agora trabalhavam para ele em Obras Esquecidas, sendo pagos em uísque que naFERVURA produzia a partir de coisas esquecidas.

Mais uísque

naFERVURA tinha cerca de cinquenta anos e era nascido e criado em euMORTE. Lembro-me de sentar em seus joelhos quando era criança e de ouvir suas histórias. Ele conhecia algumas muito boas... e Margaret também estava lá.

Então ele se tornou mau. Aconteceu em apenas dois anos. Ficava furioso com coisas que não tinham nenhuma importância e desaparecia sozinho no viveiro de trutas de euMORTE.

Daí ele começou a passar um tempão em Obras Esquecidas. Charley perguntou o que ele andava fazendo lá e naFERVURA respondia:

— Ah, nada. Só quero ficar sozinho.

— Que tipo de coisas você encontra quando você fica lá cavando?

— Ah, nada — mentiu naFERVURA.

Ele passou a se isolar das pessoas e começou a falar de modo estranho, enrolando a língua, e seus movimentos se tornaram cambaleantes e seu temperamento ruim, além de passar um tempão à noite no viveiro de trutas. Às vezes gargalhava e dava para ouvir a risada altíssima que ele passou a ter, ecoando através dos quartos e corredores, e dentro da própria mudança de euMORTE: a indescritível maneira como ela muda e da qual tanto gostamos, e que tanto nos apetece.

O grande quebra-pau

O grande quebra-pau entre naFERVURA e Charley ocorreu certa noite em um jantar. Fred passava a salada de batatas para mim quando aconteceu.

A briga vinha sendo ensaiada fazia semanas. A gargalhada de naFERVURA estava ficando a cada dia mais e mais alta, até ficar praticamente impossível de dormir à noite.

naFERVURA estava bêbado o tempo todo, e não ouvia ninguém a respeito de qualquer assunto, nem mesmo Charley. Ele não dava ouvidos nem para o Charley. Ele mandou o Charley ir ver se ele estava lá na esquina.

— Vai ver se eu estou lá na esquina.

Uma tarde, Pauline, que não passava de uma criança, encontrou-o meio desmaiado na banheira, cantando umas musiquinhas de sacanagem. Ela se assustou ao ver que ele tinha uma garrafa daquela coisa que andava destilando lá em Obras Esquecidas. Ele fedia para caramba e foram necessários três homens para guinchá-lo da banheira e o levarem até a cama.

— Lá se vai a salada de batatas — disse Fred.

Eu tinha acabado de colocar uma enorme colherada em meu prato para absorver o resto do molho quando naFERVURA, que não havia dado nem uma só mordida no frango frito que esfriava diante dele, virou-se para o Charley e disse:

— Sabe o que tem de errado com este lugar?

— Não, o que tem de errado, naFERVURA? Pode dizer, pois ultimamente parece que você tem todas as respostas.

— Então vou dizer. Este lugar fede. E ele não tem nada a ver com euMORTE. Ele não passa de uma fantasia da sua imaginação. Essa rapaziada toda só sabe cacarejar e dar cacarejadas neste cacareco de euMORTE — disse ele. — euMORTE, haha, não me faça rir. Este lugar é só enganação. Vocês não veriam euMORTE nem se estivesse aqui ao lado e lhes desse uma mordida. Eu sei mais sobre euMORTE do que todos vocês, carinhas, principalmente o Charlinho aqui que pensa que é o bambambã, vocês não fazem a menor ideia do que está rolando aqui. Mas eu, eu sei, eu sei. Eu sei. Pro diabo com euMORTE. Já esqueci mais coisas sobre euMORTE do que vocês aí jamais vão saber. Vou viver em Obras Esquecidas. Podem ficar com esta ratoeira só pra vocês.

naFERVURA se levantou, jogou seu frango frito no chão e saiu do lugar pisando duro, meio cambaleante.

Houve um silêncio atordoante na mesa e ninguém disse nada durante um tempão.

Daí o Fred disse:

— Não se chateie com isso, Charley. Amanhã ele estará sóbrio e tudo vai ser diferente. Ele só está bêbado de novo, mas vai se sentir melhor assim que a bebedeira passar.

— Não, acho que ele foi embora pra sempre — disse Charley. — Espero que a mudança seja pra melhor.

Charley parecia muito triste. Todos nós também estávamos tristes, pois naFERVURA era irmão de Charley. Ficamos todos sentados ali, olhando para nossa comida.

Tempo

Os anos se passaram, e naFERVURA continuou a viver em Obras Esquecidas. Devagar ele reuniu uma gangue de homens iguais a ele, e que acreditavam no que ele fazia e agiam como ele agia, ficavam cavando em Obras Esquecidas e bebendo uísque destilado a partir de coisas que encontravam.

De vez em quando eles mantinham um da gangue sóbrio e o enviavam até a vila para vender coisas esquecidas que eram bonitas ou curiosas ou livros que então usávamos como combustível, pois havia milhões deles espalhados por Obras Esquecidas.

Assim conseguiam pão, comida e bugigangas em troca das coisas esquecidas, e viviam sem ter de fazer mais nada além de cavar e beber.

Margaret cresceu e se tornou uma garota muito bonita. Costumávamos sair juntos e um dia Margaret apareceu em minha cabana.

Sabia que era ela antes que chegasse porque a ouvia pisar naquela tábua na qual ela sempre pisava.

Gostei tanto disso que meu estômago tilintou feito uma campainha rachada.

Ela bateu na porta.

— Pode entrar, Margaret — falei.

Ela entrou e me deu um beijo.

— O que você anda fazendo? — disse ela.

— Tenho que descer até euMORTE e trabalhar em minha estátua.

— Ainda está trabalhando naquele sino? — disse ela.

— Sim — falei. — Está indo meio devagar. Tá demorando pra acabar. Vou ficar feliz quando estiver pronta. Já cansei daquilo.

— O que você vai fazer depois? — perguntou ela.

— Não sei. Tem algo que você anda querendo fazer, querida?

— Sim — disse ela. Queria dar uma fuçada em Obras Esquecidas.

— De novo? — falei. — Você anda gastando um bom tempo por lá.

— É um lugar interessante — disse ela.

— Você deve ser a única mulher que gosta daquele lugar. naFERVURA e aquela gangue dele afugentam as outras mulheres.

— Gosto de ir lá. naFERVURA é inofensivo. A única coisa que ele quer é ficar bêbado.

— Está bem — falei —, está legal, querida. A gente se vê depois em euMORTE. Encontrarei você depois que tiver trabalhado algumas horas naquele sino.

— Você pretende descer agora? — disse ela.

— Não, primeiro preciso fazer algumas coisas por aqui.

— Posso ajudar? — disse ela.

— Não, são umas coisas que preciso fazer sozinho.

— Então tá. A gente se vê.

— Me dá um beijo primeiro — falei.

Ela se aproximou, eu a abracei bem apertado e a beijei na boca, e então Margaret foi embora dando risada.

O sino

Depois de um tempo fui até euMORTE e trabalhei no sino. Não estava resultando em nada e acabei, por fim, me sentando em uma cadeira e fiquei olhando para ele.

O cinzel pendia inerte da minha mão e logo o deixei na mesa. Cobri tudo com um pano.

Fred entrou e me viu sentado ali contemplando o sino. Saiu sem dizer nada. Nem mesmo se parecia com um sino.

Enfim, Margaret apareceu e me resgatou. Ela usava um vestido azul e um laço de fita no cabelo. Também carregava uma cesta com coisas encontradas em Obras Esquecidas.

— Como está indo? — perguntou ela.

— Está pronto — falei.

— Não parece pronto — disse ela.

— Está pronto — repeti.

Pauline

Vimos Charley quando saíamos de euMORTE. Estava sentado em seu sofá favorito na beira do rio, lançando migalhas de pão para algumas trutas que tinham se juntado por ali.

— Onde os garotos aí pensam que vão? — disse ele.

— Só vamos dar uma volta — disse Margaret, antes que eu falasse qualquer coisa.

— Muito bem, aproveitem o passeio — disse ele.

— Lindo dia, não? Que sol enorme esplendoroso e azul brilhando lá em cima.

— É mesmo — falei. — Muito.

Pauline apareceu na sala e veio se juntar a nós.

— Oi, pessoal — disse ela.

— Olá.

— O que gostaria pro jantar, Charley? — perguntou.

— Rosbife — disse Charley de brincadeira.

— Ora, ora, é o que terás.

— Opa, que surpresa boa — disse Charley. — Por acaso é meu aniversário?

— Não. E aí, pessoal, tudo bem?

— Tudo legal — falei.

— Nós vamos dar um passeio — disse Margaret.

— Divirtam-se. A gente se vê depois.

As Obras Esquecidas

Ninguém sabe direito desde quando existem as Obras Esquecidas; elas abarcam espaços temporais que não podemos alcançar nem queremos.

Ninguém conseguiu entrar direito nas Obras Esquecidas, exceto o carinha de que Charley falou, aquele que escreveu sobre elas, e nem consigo imaginar a trabalheira que foi passar semanas por lá.

As Obras Esquecidas apenas continuam e continuam e continuam e continuam e continuam e continuam e continuam e continuam e continuam. Já deu para você entender. É um lugar bem grande, muito maior do que a gente.

Margaret e eu descemos até lá, de mãos dadas pois estávamos juntos, sob o sol de um dia azul com alvas nuvens luminosas vagando sobre nossas cabeças.

Atravessamos um montão de rios e caminhamos sobre um montão de coisas e depois vimos o reflexo do sol nos tetos do punhado de barracões de naFER-VURA, que ficavam na entrada de Obras Esquecidas.

Tem uma cancela bem ali. Além da cancela, tem a estátua de uma coisa esquecida. Há um aviso sobre a cancela que diz:

ESTA É A ENTRADA DE OBRAS ESQUECIDAS
TOME CUIDADO
VOCÊ PODE SE PERDER

Uma conversa com a escória

naFERVURA saiu para nos cumprimentar. Sua roupa estava totalmente amassada e suja, assim como ele. Estava todo esculhambado e bêbado.

— Olá — disse ele. — Por aqui de novo, hein? — disse mais para Margaret do que para mim, embora ao falar olhasse em minha direção. naFERVURA é esse tipo de pessoa.

— Só estamos fazendo uma visitinha — falei.

Ao ouvir isso, ele gargalhou. Dois outros caras saíram dos barracos e olharam para a gente. Todos se pareciam com naFERVURA. Também estavam igualmente esculhambados pela maldade e por beberem aquele uísque feito de coisas esquecidas.

Um deles, um cara de cabelo louro, sentou-se numa pilha de objetos nojentos e ficou ali olhando para a gente como se fosse um animal.

— Boa tarde, naFERVURA — disse Margaret.

— Pra você também, belezura.

A escória de naFERVURA riu com isso. Eu olhei feio e então eles calaram o bico. Um deles fez um gesto com a mão como se esfregasse a boca e voltou para o seu barraco.

— Só queria ser sociável — disse naFERVURA. — Não me leve a mal.

— Viemos dar uma olhada em Obras Esquecidas — falei.

— Muito bem, é toda sua — disse naFERVURA, apontando para Obras Esquecidas que se erguia pouco a pouco sobre nós até as enormes pilhas de coisas esquecidas se tornarem montanhas que seguiam por ao menos um milhão de quilômetros.

Lá dentro

VOCÊ PODE SE PERDER

e cruzamos a cancela por Obras Esquecidas adentro. Margaret começou a fuçar para cima e para baixo atrás de coisas que ela gostaria de ter.

Não existem plantas nem animais vivendo em Obras Esquecidas. Não existe nem mesmo uma folhinha de grama por lá e até os pássaros se recusam a voar sobre o lugar.

Sentei em cima de um negócio que parecia uma roda e acompanhei Margaret pegar uma coisa parecida com um bastão e revirar uma pilha de coisas empalhadas.

Vi algo jogado aos meus pés. Era um pedaço de gelo na forma de um dedo polegar ainda congelado, porém o polegar tinha uma corcunda em cima.

Era um polegar corcunda, muito gelado, mas que começou a derreter na minha mão.

A unha do dedo derreteu e então devolvi a coisa aos meus pés, só que não derretia mais, apesar de o ar não estar frio e o sol continuar quente e azul no céu.

— Encontrou alguma coisa de que tenha gostado? — perguntei.

O mestre de obras esquecidas

naFERVURA veio se juntar a nós. Não fiquei satisfeito em vê-lo. Ele carregava uma garrafa de uísque. Seu nariz estava vermelho.

— Achou algo legal? — perguntou naFERVURA.

— Ainda não — disse Margaret.

Olhei feio para naFERVURA mas o olhar resvalou nele feito água nas costas de um pato.

— Hoje eu achei umas coisas bem interessantes — disse naFERVURA. — Pouco antes do almoço.

Almoço!

— Ficam há mais ou menos meio quilômetro daqui — disse naFERVURA. — Posso mostrar o lugar a vocês.

Antes que eu pudesse dizer não, Margaret disse sim, e não fiquei nada feliz com isso. Porém ela já havia se comprometido com ele e eu não quis fazer uma cena diante de naFERVURA. Não queria dar assunto para ele se divertir com sua gangue.

Isso não me deixou nada satisfeito.

Então seguimos aquele vagabundo bebum pelo que ele dissera ser apenas meio quilômetro, apesar de parecer um quilômetro inteiro, ziguezagueando para lá e para cá, subindo mais e mais nas Pilhas.

— Lindo dia, não? — disse naFERVURA, parando para respirar em cima de uma pilha imensa de coisas que pareciam ser latas, talvez.

— Sim, está mesmo — disse Margaret, sorrindo para naFERVURA e apontando uma nuvem de que ela havia gostado.

Isso me chateou de verdade: uma mulher decente sorrindo para naFERVURA. Não pude deixar de me perguntar: o que viria depois disso?

Chegamos finalmente à pilha de coisas que naFER-VURA achava tão bacanas que tinha nos levado tão longe por dentro das Obras Esquecidas a fim de vê-las.

— Nossa, são lindas — disse Margaret começando a enfiar as coisas dentro da cesta que havia trazido para carregá-las.

Eu olhei para aquelas coisas e não me disseram nada. Eram meio feiosas, para falar a verdade. naFERVURA se recostou em uma coisa esquecida que tinha quase o seu tamanho.

O regresso

Margaret e eu fizemos uma longa e silenciosa caminhada de volta a euMORTE. Não me ofereci para carregar a cesta dela.

A cesta estava pesada e ela bufava e suava. Tivemos de parar várias vezes para ela poder descansar.

Estávamos sentados sobre a ponte. A ponte era feita de pedras trazidas de longe e distribuídas na ordem correta.

— O que tem de errado? — disse ela. — Que foi que eu fiz?

— Não tem nada de errado. Você não fez nada.

— Então por que você está aborrecido comigo?

— Não estou aborrecido com você.

— Você está, sim.

— Não estou, não.

Algo vai acontecer

O mês seguinte passou e ninguém percebeu o que estava por vir. Como a gente podia imaginar que uma coisa daquelas fosse passar pela cabeça de naFERVURA?

Tínhamos levado anos para superar aquela coisa dos tigres e tudo de terrível que eles fizeram conosco. Por que alguém faria alguma outra coisa? Vai saber.

Durante as semanas que precederam o acontecimento, tudo estava normal em euMORTE. Eu tinha começado a trabalhar em outra estátua e Margaret continuava a fuçar em Obras Esquecidas.

Não consegui avançar muito com a estátua e então eu ia até euMORTE só para ficar olhando para ela. A coisa simplesmente não estava dando certo, o que não era nenhuma novidade para mim. Nunca dei muita sorte com estátuas. Comecei a pensar em arranjar um emprego em Obras de Melancia.

Às vezes Margaret ia até Obras Esquecidas por sua própria conta e risco. Isso me preocupava. Ela era tão linda e naFERVURA e aquela gangue dele eram tão feios. Podiam pensar alguma besteira.

Por que ela queria ir até lá toda hora?

Rumores

Perto do final do mês, rumores estranhos começaram a chegar de Obras Esquecidas, rumores de violentas acusações feitas por naFERVURA contra euMORTE.

Corriam rumores de que ele praguejava e delirava que tudo tinha sido feito errado em euMORTE e a culpa era nossa, e que ele sabia como devia ser e também que o viveiro de trutas havia sido feito incorretamente. Que vergonha.

Imagine só a coragem de naFERVURA dizer algo de nós, e corriam boatos de que éramos todos uns maricas e também um papo sobre os tigres que ninguém conseguia entender.

Algo que dizia que os tigres eram uma coisa boa.

Uma tarde fui até Obras Esquecidas com Margaret. Eu não queria ir até lá, mas também não queria que ela fosse sozinha.

Ela queria achar mais coisas pra sua coleção de coisas esquecidas. Ela já tinha mais coisas do que o necessário.

Tinha lotado sua cabana e seu quarto em euMOR-TE com aquelas coisas. Ela quis até estocar algumas delas em minha cabana. Eu disse NÃO.

Perguntei a naFERVURA o que estava acontecendo. Ele estava bêbado como sempre, e sua gangue de vagabundos estava à nossa volta.

— Vocês não sabem nada sobre euMORTE. Vou mostrar pra vocês do que se trata em breve. O que é, na verdade, euMORTE — disse naFERVURA. — Vocês são um bando de maricas. Só os tigres tinham estômago para alguma coisa. Eu vou mostrar pra vocês. Nós vamos mostrar pra todos vocês. — Ao dizer isso, ele se dirigiu à gangue.

Eles comemoraram, erguendo as garrafas de uísque e quase alcançando o sol vermelho.

O regresso outra vez

— Por que você vai tanto lá embaixo? — falei.

— Porque gosto de coisas esquecidas. Estou colecionando. Quero fazer uma coleção. Acho elas bonitinhas. O que tem de errado nisso?

— Como assim, o que tem de errado nisso? Você não ouviu o que aquele bêbado falou da gente?

— Mas o que aquilo tem a ver com as coisas esquecidas? — disse ela.

— Eles bebem aquelas coisas — falei.

O jantar daquela noite

O jantar daquela noite em euMORTE foi uma confusão. Todos brincavam com a comida. Al tinha preparado uma gororoba com cenouras. Até que ficava gostosa, misturada com mel e temperos, mas ninguém estava nem aí.

Todos estavam preocupados com naFERVURA. Pauline não tocou na sua comida. Charley fez o mesmo. Apesar disso, houve uma coisa estranha: Margaret comeu como um cavalo.

Depois de um longo período de silêncio, Charley disse, finalmente:

— Não sei o que vai acontecer. A coisa parece séria. Sempre temi que algo assim acontecesse, desde que naFERVURA se envolveu com Obras Esquecidas e começou a fazer aquele uísque dele e a levar homens pra viver seu estilo de vida — disse Charley. — Eu sabia que algo ia acontecer. Há tempos vem sendo preparado e parece que agora chegou a hora ou será em muito breve. Talvez amanhã, quem sabe?

— O que nós vamos fazer? — perguntou Pauline. — O que podemos fazer?

— Apenas esperar — disse Charley. — Isso é tudo. Não podemos ameaçá-los ou nos defendermos até que façam alguma coisa, e sabe-se lá o que pretendem fazer. Eles não vão nos contar.

— Fui até lá ontem de manhã, e perguntei ao naFERVURA o que estava acontecendo e ele disse que logo veríamos. Eles vão nos mostrar o que euMORTE é na realidade, nada a ver com a coisa falsa que a gente tem. Você está sabendo alguma coisa, Margaret? Você tem passado um tempão por lá.

Todos olharam para ela.

— Não sei de nada. Vou até lá só para pegar coisas esquecidas. Eles não me dizem nada. E sempre são gentis comigo.

Todos se esforçaram para não tirar o olhar de Margaret, mas não conseguiram e olharam para o outro lado.

— A gente se vira com o que rolar — disse Fred, rompendo o silêncio. — Independentemente do que fizerem aqueles bebuns vagabundos, a gente resolve a parada.

— Com certeza — disse o Velho Chuck, apesar de ser muito velho.

— Tem razão — disse Pauline. — A gente resolve essa parada. Nós vivemos em euMORTE.

Margaret voltou a comer suas cenouras como se nada tivesse acontecido.

Pauline outra vez

Fiquei muito zangado com Margaret.

Ela queria dormir comigo em euMORTE, mas eu lhe disse:

— NÃO, quero ir pra minha cabana e ficar sozinho.

Ela ficou muito magoada com isso e foi para o viveiro de trutas. Não me importei. O comportamento dela no jantar realmente me aborreceu.

Em meu caminho para euMORTE, encontrei Pauline na sala de estar. Carregava uma pintura que pretendia pendurar na parede.

— Olá — falei. — Que linda pintura essa aí. Foi você que pintou?

— Sim, fui eu.

— Está muito legal.

A pintura mostrava euMORTE há muito tempo, durante uma de suas muitas transformações. A pintura se parecia como euMORTE costumava parecer.

— Não sabia que você pintava — eu disse.

— Só em meu tempo livre.

— É uma pintura muito boa de verdade.

— Muito obrigada.

Pauline enrubesceu um pouco. Eu nunca a tinha visto enrubescer antes ou talvez apenas não me lembrasse. Tornou-se um traço dela.

— Você acha que tudo vai dar certo, não acha? — disse ela, mudando de assunto.

— Sim — falei. — Não se preocupe.

Rostos

Deixei euMORTE e peguei a estrada de volta para minha cabana. De repente a noite se tornou muito fria e as estrelas reluziram feito gelo. Desejei ter levado minha jaqueta de lã. Caminhei pela estrada até avistar as lanternas nas pontes.

Eram as lanternas de uma linda criança e uma truta na ponte verdadeira, e as lanternas de tigre na ponte abandonada.

Eu mal podia ver a estátua de alguém que havia sido morto pelos tigres, mas que ninguém sabia quem era. Os tigres mataram tanta gente até matarmos o último tigre e queimarmos seu corpo em euMORTE e construirmos o viveiro de trutas em cima do lugar.

A estátua ficava no rio na mesma altura das pontes. Parecia triste, como se não quisesse ser a estátua de alguém morto pelos tigres há tanto tempo.

Eu parei e olhei a distância. Um tempinho se passou e daí entrei na ponte. Atravessei-a pelo túnel escuro da ponte verdadeira coberta, passando pelos rostos reluzentes, e subi pelo bosque de pinheiros em direção à minha cabana.

Cabana

A caminho da minha cabana, dei uma parada na ponte. Era gostoso tê-la sob meus pés, feita de todas as coisas de que gosto, as coisas que me agradam. Olhei para minha mãe. Agora não passava de outra sombra contrastada com a noite, mas ela foi uma boa mulher.

Entrei na cabana e acendi minha lanterna com um fósforo de quinze centímetros. O óleo de melantruta ardeu com uma luz magnífica. Era um óleo excelente.

Misturamos açúcar de melancia e suco de truta com ervas especiais e deixamos o tempo adequado para fazer esse excelente óleo que usamos para iluminar nosso mundo.

Sentia muito sono, mas não tinha vontade de dormir. Quanto mais sonolento fico, menos vontade tenho de dormir. De roupa e tudo, fiquei deitado um tempão na cama com a lamparina acesa, observando as sombras do quarto.

Eram sombras bastante agradáveis, considerando-se que era um momento tão ameaçador e que algo logo aconteceria e nos afetaria a todos. Agora eu estava sonolento demais a ponto de meus olhos se recusarem a fechar. As pálpebras não baixavam. Eram estátuas de olhos.

A garota com a lanterna

Afinal, não aguentei mais ficar deitado ali na cama sem conseguir dormir. Saí para uma de minhas caminhadas noturnas. Vesti a jaqueta de lã vermelha, assim não passaria frio. Acho que é a minha dificuldade para dormir que me leva a caminhar.

Caminhei até o aqueduto. Aquele é um lugar legal para caminhar. O aqueduto tem mais ou menos oito quilômetros de extensão, mas não sabemos por quê, pois ainda há água em toda parte. Deve ter uns duzentos ou trezentos rios por aqui.

O próprio Charley não tem a menor ideia do motivo de terem construído o aqueduto.

— Talvez tenha havido escassez de água há muito tempo e por isso construíram essa coisa. Eu não sei, não me pergunte.

Em uma ocasião sonhei que o aqueduto era um instrumento musical cheio de água e sinos dependurados por pequenas correias de melancia na superfície da água e a correnteza fazia os sinos tocarem.

Contei o sonho ao Fred e ele disse que parecia ter sido um sonho bem legal.

— Isso aí realmente produziria uma música bacana — disse ele.

Caminhei um instante ao longo do aqueduto e então permaneci imóvel por um bom tempo onde o aqueduto atravessa o rio na altura da Estátua de Espelhos. Era possível ver a luz que vinha dos túmulos no fundo do rio. Era um dos lugares prediletos para sepultamentos.

Subi por uma escada que ficava em uma das colunas e sentei na borda do aqueduto a mais ou menos seis metros de altura, com minhas pernas balançando por cima da borda.

Fiquei ali sentado um tempinho sem pensar ou entender absolutamente nada. Eu não queria fazer isso. A noite estava passando enquanto eu permanecia sentado no aqueduto.

Então vi uma lanterna ao longe, saindo do bosque de pinheiros. A lanterna vinha pela estrada, atravessou as pontes e enveredou pelas plantações de melancias, às vezes parando à beira da estrada, primeiro desta estrada e depois daquela outra.

Eu sabia a quem pertencia aquela lanterna. Estava na mão de uma garota. Eu já tinha visto ela muitas vezes ao caminhar de noite ao longo dos anos.

Porém eu nunca tinha visto a garota de perto e não sabia quem ela era. Supunha que era mais ou menos parecida comigo. Volta e meia ela devia ter problemas para dormir.

Para mim sempre foi uma espécie de conforto, vê-la por aí. Nunca procurei segui-la para descobrir quem era, nem contei para ninguém sobre tê-la visto de noite.

De alguma estranha maneira ela me pertencia, e era reconfortante vê-la por aí. Pensava que ela devia ser muito bonita, embora não soubesse qual era a cor de seu cabelo.

Galinhas

Já fazia horas que a garota com a lanterna tinha ido embora. Desci do aqueduto e estiquei as pernas. Caminhei de volta a euMORTE na aurora de um sol dourado que traria algo, eu ainda não sabia o quê, da parte de naFERVURA e sua gangue. Nós só podíamos esperar para ver.

O campo começava a despertar. Acompanhei um fazendeiro saindo para tirar leite de suas vacas. Acenou ao me ver. Ele usava um chapéu engraçado.

Os galos começaram a cantar. Seus bicos trompetes atravessaram uma longa e alta lonjura. Cheguei a euMORTE pouco antes de amanhecer.

Uma dupla de galinhas brancas que tinham fugido de algum galinheiro próximo a euMORTE ciscava no terreiro. Olharam para mim e foram embora. Tinham acabado de escapar. Dava para ver porque suas asas não funcionavam como as dos pássaros de verdade.

Toucinho

Após um ótimo café da manhã com bolinhos quentes, ovos mexidos e toucinho, naFERVURA e sua gangue apareceram bêbados em euMORTE. Então tudo começou.

— O café da manhã está excelente — disse Fred para Pauline.

— Muito obrigada.

Margaret não estava por lá. Não sei onde ela andava. Contudo, Pauline sim. Estava bonita, usando um lindo vestido.

Daí ouvimos a campainha da porta da frente tocar. O Velho Chuck disse ter ouvido vozes, mas parecia impossível ouvir vozes àquela distância.

— Vou atender — disse Al. Ele se levantou, saiu da cozinha e caminhou pelo corredor que passa debaixo do rio conduzindo à sala de estar.

— Me pergunto quem poderia ser — disse Charley. Acredito que Charley já sabia quem era, pois largou o garfo e tirou o prato da frente.

O café da manhã estava encerrado.

Al regressou alguns minutos depois. Parecia esquisito e com ar preocupado.

— É o naFERVURA — disse ele. — Quer ver você, Charley. Ele quer ver todos nós.

De repente todos parecíamos esquisitos e com ar preocupado.

Nos levantamos, caminhamos ao longo do corredor que fica debaixo do rio e conduz à sala de estar, e saímos bem ao lado da pintura de Pauline. naFERVURA nos aguardava na varanda da frente de euMORTE. Estava bêbado.

Prelúdio

— Vocês aí pensam que sabem alguma coisa sobre euMORTE. Não sabem coisa nenhuma de euMORTE — disse naFERVURA, acompanhado em seguida pelas gargalhadas enlouquecidas de sua gangue, todos bêbados como ele próprio estava.

— Nadinha de nada. Vocês todos estão em um baile de máscaras — e se ouviram mais gargalhadas enlouquecidas.

— O que você sabe que a gente não sabe? — disse Charley.

— Vamos mostrar. A gente vai entrar no viveiro de trutas e mostrar pra você uma ou duas coisinhas. Tá com medo de descobrir qual é a real de euMORTE? O que realmente significa? Que tremenda farsa você fez disto aqui? Todos vocês. E você, Charley, mais do que o resto desses palhaços.

— Então vamos — disse Charley. — Mostre euMORTE para nós.

Uma troca

naFERVURA e sua gangue entraram cambaleando por euMORTE.

— Que porcaria — disse um deles.

Os olhos deles estavam vermelhos por causa daquela coisa que produziam e bebiam em enorme quantidade.

Atravessamos a ponte metálica sobre o riacho na sala de estar e enveredamos pelo corredor que leva ao viveiro de trutas.

Um dos caras da gangue de naFERVURA estava tão bêbado que desabou e os outros o levantaram. Quase tiveram de carregá-lo, pois estava bêbado demais. Ele repetia a mesma frase um monte de vezes.

— Quando chegaremos a euMORTE?

— Você está em euMORTE.

— O que é isto aqui?

— euMORTE.

— Ah. E quando chegaremos a euMORTE?

Margaret não estava em lugar nenhum. Fiquei ao lado de Pauline para meio que protegê-la de naFERVURA e seu monte de lixo. Quando ele a viu, veio para cima. O macacão de naFERVURA parecia nunca ter sido lavado.

— Oi, Pauline — disse ele. — Como vai?

— Sujeitinho asqueroso — respondeu ela.

naFERVURA deu risada.

— Vou esfregar o chão depois que você for embora — disse ela. — Tudo em que você pisa fica nojento.

— Não faça assim — disse naFERVURA.

— E como eu deveria fazer? — perguntou Pauline. — Olhe só pra você.

Eu me aproximei para proteger Pauline de naFERVURA e quase tive de me enfiar entre eles. Pauline estava muito brava. Nunca antes tinha visto Pauline tão brava. Ela era bastante temperamental.

naFERVURA riu de novo e se afastou dela, seguindo ao lado de Charley. Charley também não estava muito feliz em revê-lo.

Era uma estranha procissão atravessando o corredor.

— Quando chegaremos a euMORTE?

O viveiro de trutas

O viveiro de trutas de euMORTE foi construído anos atrás, quando o último tigre foi morto e queimado no local. Construímos o viveiro de trutas ali mesmo. As paredes foram construídas em torno das cinzas.

O viveiro é pequeno, mas foi planejado com capricho. As tinas e tanques são feitos de açúcar de melancia e de pedras trazidas de bem longe e depois distribuídas pela ordem da lonjura em que foram encontradas.

A água do viveiro vem do riacho que depois se une ao rio principal na sala de estar. O açúcar usado é dourado e azul.

Há duas pessoas sepultadas no fundo dos tanques do viveiro. Você olha para baixo em busca de uma jovem truta e se depara com as duas deitadas ali em seus esquifes, olhando para além das portas de cristal. Queriam que fosse daquela maneira, e conseguiram. Agora é como se fossem os guardiões do viveiro e, ao mesmo tempo, os pais de Charley.

O viveiro tem um magnífico piso azulejado, com os azulejos dispostos tão graciosamente que parecem quase música. É um lugar incrível para se dançar.

Tem uma estátua do último tigre no viveiro. O tigre está em chamas na estátua, e todos o observamos.

O euMORTE de naFERVURA

— Tá legal — disse Charley. — Conte pra gente sobre euMORTE. Há anos que você vem dizendo que não conhecemos euMORTE, e que sabe todas as respostas. Estamos curiosos, vamos ouvir algumas dessas respostas.

— Muito bem — disse naFERVURA. — É o seguinte: vocês não fazem a menor ideia do que acontece realmente em euMORTE. Os tigres sabiam mais sobre euMORTE do que vocês. Vocês mataram todos os tigres e enterraram o último aqui. Foi um erro, os tigres nunca deviam ter sido mortos. Os tigres eram o verdadeiro significado de euMORTE, sem os tigres é impossível existir euMORTE. Mataram os tigres e euMORTE desapareceu, deixando vocês aqui feito um bando de panacas desde então. Eu vou trazer euMORTE de volta. Todos nós vamos trazer euMORTE de volta. Eu e minha gangue aqui. Tenho pensado nisso há anos e agora é o que faremos: euMORTE vai voltar a existir.

naFERVURA retirou um canivete de seu bolso.

— O que você pretende fazer com esse canivete? — disse Charley.

— Já te mostro — disse naFERVURA. — Ele abriu a lâmina. Parecia afiada. — Isto é euMORTE — continuou ele, levantando o canivete e cortando o polegar fora, depois jogando-o em uma tina repleta de trutas recém-nascidas. O sangue começou a escorrer de sua mão e a pingar no chão.

Então todos da gangue de naFERVURA sacaram canivetes e cortaram fora seus polegares, jogando-os aqui e ali, em uma tina ou no tanque, até que o lugar tivesse polegares e sangue respingado para todo lado.

Aquele que não sabia onde estava disse:

— Quando é que eu tenho de cortar o meu polegar?

— Já — alguém disse.

Daí ele cortou o polegar meio sem jeito, pois estava muito bêbado. Fez isso de tal maneira que uma parte da unha permaneceu grudada no resto do dedo.

— Por que você fez isso? — disse Charley.

— É só o começo — disse naFERVURA. — É assim que euMORTE deveria ser.

— Estão parecendo uns bobalhões — debochou Charley — sem os polegares.

— É só o começo — disse naFERVURA. — Muito bem, rapaziada. Agora vamos cortar os narizes.

— Salve, euMORTE — todos gritaram, cortando seus narizes. O que estava bêbado demais também arrancou o olho. Arrancaram os narizes esparraman-do-os por todos os lados.

Um deles depositou o nariz na mão de Fred. Fred jogou o nariz de volta na cara do sujeito.

Pauline não agiu como uma mulher agiria sob tais circunstâncias. Aquilo tudo não a deixou com medo ou enojada. Ela apenas ficou mais e mais e mais furiosa. O rosto dela ficou vermelho de tanta raiva.

— Muito bem, rapazes. Agora cortem suas orelhas.

— Salve, salve, euMORTE.

E então havia orelhas para tudo quanto é lado e o viveiro de trutas se inundou de sangue.

O que estava bêbado demais esqueceu que tinha cortado a orelha direita e continuou tentando cortá--la de novo. Parecia bastante confuso por sua orelha não estar mais no lugar.

— Cadê minha orelha? — disse ele. — Não consigo cortar ela.

A essa altura naFERVURA e sua gangue estavam sangrando até a morte. Alguns deles começavam a se sentir fracos por causa da perda de sangue e sentavam-se no chão.

naFERVURA ainda permanecia de pé, cortando os dedos das mãos.

— Isto é que é euMORTE — disse ele. — Cara, isto é euMORTE de verdade.

Afinal, ele também se sentou para sangrar até morrer.

Todos caíram no chão.

— Torço pra que você tenha certeza de ter provado alguma coisa — disse Charley. — Pois não acho que provou nada.

— Nós provamos euMORTE — disse naFERVURA.

De súbito, Pauline resolveu sair da sala. Fui atrás dela, quase escorregando e caindo no sangue.

— Está tudo bem contigo? — falei, sem saber direito o que dizer. — Quer ajuda?

— Não — disse ela ao sair. — Vou só pegar o esfregão pra limpar essa lambança — quando disse *lambança*, ela olhou diretamente para naFERVURA.

Ela saiu do viveiro e logo regressou com o esfregão. Àquela altura quase todos já estavam mortos, exceto naFERVURA. Ele ainda falava sobre euMORTE.

— Está vendo — disse ele. — Nós conseguimos.

Pauline começou a esfregar o sangue e a torcê-lo dentro de um balde. Quando o balde estava quase cheio de sangue, naFERVURA morreu.

— Eu sou euMORTE — disse ele.

— Você é um idiota — disse Pauline. — Isso sim.

E a última coisa vista por naFERVURA foi Pauline em pé ao seu lado, torcendo o sangue dele que estava num esfregão dentro de um balde.

Carrinho de mão

— Bom — disse Charley. — É isso aí.

Os olhos cegos de naFERVURA miravam a estátua do tigre. Havia muitos olhos perdidos olhando pelo viveiro.

— Pois é — disse Fred. — Me pergunto o que significa tudo isso.

— Eu não sei — disse Charley. — Acho que não deveriam ter bebido aquele uísque feito de coisas esquecidas. Foi um equívoco.

— É isso aí.

Todos ajudamos Pauline a limpar o local, esfregando o sangue e carregando os corpos para fora. Usamos um carrinho de mão.

Um desfile

— Ei, dê uma mão aqui pra eu descer as escadas com este carrinho de mão.

— Pronto.

— Ah, muito obrigado.

Empilhamos os corpos do lado de fora, em frente ao viveiro. Ninguém sabia muito bem o que fazer com eles, a não ser que não os queríamos mais em euMORTE.

Um monte de gente da vila apareceu para ver o que estava acontecendo. Devia ter pelo menos uma centena de pessoas quando carregamos o último corpo para fora.

— O que aconteceu? — disse o professor.

— Eles fizeram essa cagada com eles mesmos — disse o Velho Chuck.

— Onde estão os polegares e as outras partes que faltam deles? — perguntou Doc Edwards.

— Bem ali naquele balde — disse o Velho Chuck.

— Cortaram com canivetes. Não sabemos o motivo.

— O que faremos com os corpos? — perguntou Fred. — Não vamos sepultá-los nos túmulos, vamos?

— Não — disse Charley. — Precisamos fazer alguma outra coisa.

— Leve todos para os barracos em Obras Esquecidas — disse Pauline. — Queime-os. Queime os barracos. Queime-os todos juntos e depois esqueça-os.

— É uma boa ideia — disse Charley. — Vamos pegar umas caçambas e levá-los pra baixo. Que coisa mais terrível.

Colocamos os corpos nas caçambas. Então quase todo mundo de Açúcar de Melancia se reuniu em euMORTE. Começamos a descer todos juntos até Obras Esquecidas.

Nos movíamos muito lentamente. Parecíamos um desfile que se movimentava na direção de VOCÊ PODE SE PERDER. Eu caminhei ao lado de Pauline.

Campânulas

Um cálido sol dourado reluzia sobre nós na lenta aproximação das Pilhas de Obras Esquecidas. Atravessamos rios e pontes e caminhamos ao longo de ranchos e campinas e através de bosques de pinheiros e por plantações de melancias.

As Pilhas de Obras Esquecidas pareciam pedaços de montanhas pela metade e de equipamentos também pela metade que brilhavam como ouro.

Agora um espírito quase festivo era emanado pela multidão. Estavam aliviados com a morte de naFERVURA e sua gangue.

Crianças passaram a colher flores pelo caminho e logo havia muitas flores no desfile, que se tornou uma espécie de vaso cheio de rosas, narcisos, papoulas e campânulas.

— Acabou — disse Pauline e em seguida, dando meia-volta, envolveu seus braços ao meu redor e me deu um abraço muito amistoso a fim de provar que tudo tinha realmente acabado.

Senti o corpo dela contra o meu.

Margaret outra vez, outra vez, outra vez, outra vez

naFERVURA e os corpos de sua gangue foram colocados dentro de um barracão e encharcados de óleo de melantruta. Tínhamos trazido conosco um barril com esse propósito e daí todos os outros barracos também foram encharcados com óleo de melantruta.

Todas as pessoas se afastaram e, bem na hora em que Charley se preparava para atear fogo ao barracão onde os corpos foram dispostos, Margaret surgiu valsando de dentro de Obras Esquecidas.

— E aí, pessoal? — disse ela. Agia como se nada tivesse acontecido, como se todos estivéssemos ali para fazer um tipo de piquenique.

— Por onde você andou? — disse Charley, olhando meio desconcertado para Margaret, que parecia fresca como um pepino.

— Em Obras Esquecidas — disse ela. — Vim pra cá de manhã bem cedo, antes de o sol nascer, à procura de coisas. Qual é o problema? Por que todo mundo está aqui em Obras Esquecidas?

— Não sabe o que aconteceu? — perguntou Charley.

— Ñão — disse ela.

— Você chegou a ver naFERVURA quando veio pra cá hoje cedo?

— Não — disse ela. — Estavam todos dormindo. Qual o problema? — Ela procurou ao redor. — Onde está naFERVURA?

— Nem sequer tenho certeza se consigo lhe contar — disse Charley. — Ele está morto e a gangue dele também.

— Morto. Você está de brincadeira.

— Por quê? Claro que não estou, eles subiram até euMORTE duas horas atrás e se mataram no viveiro de trutas. Trouxemos os corpos deles aqui pra baixo pra incinerá-los. Eles aprontaram uma cena terrível.

— Não acredito nisso — disse Margaret. — Não posso acreditar. Que palhaçada é essa?

— Não é palhaçada — disse Charley.

Margaret procurou ao redor. Podia ver que quase todo mundo estava ali. Ela me viu parado ao lado de Pauline e correu em minha direção, dizendo:

— Isso é verdade?

— Sim.

— Por quê?

— Eu não sei. Ninguém de nós sabe. Eles apenas apareceram em euMORTE e se mataram. É um mistério pra todos.

— Ai, não — disse Margaret. — E como eles fizeram isso?

— Com canivetes.

— Ai, não — disse Margaret.

Ela estava chocada e confusa e agarrou minha mão.

— Foi nesta manhã? — disse ela, quase se dirigindo a ninguém.

— Sim.

Sua mão parecia fria e desajeitada em minha mão, como se os dedos fossem pequenos demais para se encaixarem. Só pude olhar para Margaret, ela que tinha desaparecido naquela manhã dentro de Obras Esquecidas.

Febre de barracões

Charley sacou um fósforo de quinze centímetros e ateou fogo ao barracão onde estavam naFERVURA e os corpos de sua gangue. Todos nos afastamos e as chamas subiram cada vez mais alto, produzindo aquela luz magnífica que o óleo de melantruta é capaz de gerar.

Daí Charley ateou fogo aos outros barracos, que arderam da mesma forma luminosa, e logo o calor se tornou tão intenso que precisamos nos afastar ainda mais, até chegarmos à campina.

Observamos por uma hora ou mais, e nesse meio tempo os barracos praticamente desapareceram. Charley permaneceu muito quieto ali, observando. Um dia naFERVURA havia sido irmão dele.

Algumas crianças brincavam nas campinas. Elas se cansaram de olhar o fogo. Foi bastante excitante no início, mas depois as crianças começaram a enjoar daquilo e preferiram fazer outra coisa.

Pauline se sentou na grama. As chamas trouxeram paz total a seu rosto. Ela parecia uma recém-nascida.

Deixei de segurar a mão de Margaret, que continuava confusa a respeito do que estava ocorrendo. Ela se sentou sozinha no gramado, apertando as mãos uma contra a outra como se estivessem mortas.

À medida que as chamas diminuíram, uma forte ventania vinda de Obras Esquecidas esparramou as cinzas velozmente pelo ar. Logo após Fred bocejar, eu tive um sonho.

LIVRO TRÊS:

Margaret

Tarefa

Acordei me sentindo revigorado e olhei para o meu teto de melancia. Como parecia bonito, antes de sair da cama. Imaginei que horas seriam. Fiquei de encontrar Fred para almoçar no café da vila.

Levantei, saí e me espreguicei outra vez na varanda da frente de minha cabana, sentindo as pedras frias debaixo dos meus pés descalços, sentindo sua distância. Dei uma olhada para o sol cinza.

O rio brilhava como se ainda não fosse hora do almoço, então fui até o rio pegar um pouco d'água para jogar em minha cara e finalizar a tarefa de acordar.

Bolo de carne

Encontrei Fred no café. Ele já estava lá, aguardando por mim. Doc Edwards estava com ele. Fred estudava o menu.

— Olá — falei.

— Oi.

— Olá — disse Doc Edwards.

— Você parecia muito apressado hoje de manhã — eu disse. — Parecia que precisava de um cavalo.

— É verdade. Precisava fazer um parto. Esta manhã uma garotinha se juntou a nós.

— Que legal — falei. — Quem é o pai sortudo?

— Conhece o Ron?

— Claro. Ele mora na cabana vizinha à sapataria, não é?

— Sim. Esse é o Ron. Agora ele tem uma linda garotinha.

— Você caminhava muito depressa. Não sabia que ainda podia ser tão veloz.

— Sim. Sim.

— Como vai, Fred? — perguntei.

— Bem. Tive uma manhã produtiva de trabalho. E você, o que fez?

— Plantei umas flores.

— Trabalhou em seu livro?

— Não, plantei umas flores e tirei uma bela soneca.

— Preguiçoso.

— Por falar nisso — disse Doc Edwards. — Como está indo o livro?

— Ah, está andando.

— Legal. E sobre o que é?

— Apenas sobre o que estou escrevendo: uma palavra depois da outra.

— Muito bem.

A garçonete apareceu, perguntando o que gostaríamos de almoçar.

— O que os rapazes querem pro almoço? — disse ela.

Ela era garçonete naquele café havia anos. Tinha sido jovem e agora já não era tão jovem.

— O prato do dia é bolo de carne, não? — perguntei Doc Edwards.

— Sim. "Bolo de carne é uma boa prum dia à toa", este é nosso lema — disse ela.

Todos riram. Era uma boa piada.

— Eu vou de bolo de carne — disse Fred.

— E você? — disse a garçonete. — Bolo de carne?

— Sim, bolo de carne — falei.

— Três bolos de carne — disse a garçonete.

Torta de maçã

Depois do almoço, Doc Edwards precisou sair cedo para conferir se estava tudo bem com a mulher e a nova garotinha de Ron.

— A gente se vê depois — disse ele.

Fred e eu ficamos ali por uns instantes, e tomamos outra xícara de café. Fred pôs dois cubos de açúcar de melancia em seu café.

— Como vai a Margaret? — disse ele. — Tem visto ou ouviu falar algo dela?

— Não — eu disse —, lhe falei isso hoje de manhã.

— Ela está muito chateada com você e Pauline — disse Fred. — Não consegue aceitar. Andei falando com o irmão dela ontem. Disse que ela está de coração partido.

— Não posso fazer nada — falei.

— Por que você ficou bravo com ela? — disse Fred. — Você acha que ela teve algo a ver com a história do naFERVURA só porque todo mundo acha, exceto eu e Pauline? Não existem provas. Pra começar, não faz nenhum sentido. Foi apenas uma coincidência que os colocou juntos. Você não acha que ela teve algo a ver com naFERVURA, acha?

— Não sei — falei.

Fred encolheu os ombros e deu um gole no café. A garçonete apareceu de novo, perguntando se a gente gostaria de uma fatia de torta de maçã como sobremesa.

— Nossa torta de maçã é simplesmente deliciosa — disse ela.

— Eu quero uma fatia de torta — disse Fred.

— E você?

— Não — falei.

Literatura

— Bom, preciso voltar ao trabalho — disse Fred.
— A prensa de madeira me chama. E você, vai fazer o quê?

— Acho que vou escrever — falei. — Mexer um pouco no meu livro.

— Isso soou ambicioso — disse Fred. — É o tal livro sobre o clima que o professor falou?

— Não, não é sobre o clima.

— Melhor — disse Fred. — Eu não ia querer ler um livro sobre o clima.

— Você já leu um livro alguma vez na vida? — falei.

— Não — disse Fred. — Não li, e acho que não vou querer começar justamente com um sobre nuvens.

O caminho

Fred partiu para Obras de Melancia e levantei para voltar à minha cabana para escrever, mas no fim decidi não fazer isso. Não sabia o que fazer.

Eu podia voltar a euMORTE e conversar com Charley sobre uma ideia que tinha tido ou ir à procura de Pauline e fazer amor com ela ou podia ir até a Estátua de Espelhos e ficar lá sentado por uns instantes.

Foi o que fiz.

A Estátua de Espelhos

Tudo se reflete na Estátua de Espelhos se você permanecer ali o tempo necessário para esvaziar a mente de tudo o que não for espelhos, e é bom ser cuidadoso e não desejar nada dos espelhos. O lance tem de ser espontâneo.

Demorou uma hora e pouco para minha mente esvaziar. Tem gente que não consegue ver coisa alguma na Estátua de Espelhos, nem a si mesmo.

Então pude ver euMORTE, a vila e Obras Esquecidas e rios e campinas e bosques de pinheiros e o estádio de beisebol e Obras de Melancia.

Vi o Velho Chuck na varanda da frente de euMORTE. Ele coçava sua cabeça e na cozinha Charley passava manteiga em uma fatia de torrada.

Doc Edwards descia a rua a pé vindo da cabana de Ron, e um cão o seguia, farejando suas pegadas. O cão estacou em uma pegada em particular e ficou lá, abanando o rabo em cima da pegada. O cão gostou de verdade daquela pegada.

Os barracos de naFERVURA e sua gangue agora jaziam em forma de cinzas perto da cancela de Obras Esquecidas. Perto das cinzas, um pássaro fuçava atrás de alguma coisa. O pássaro não encontrou o que procurava, cansou-se e voou para longe.

Vi Pauline caminhando através dos bosques de pinheiros em direção à minha cabana. Ela carregava uma pintura. Era uma surpresa para mim.

Vi alguns garotos jogando beisebol no estádio. Um dos moleques que arremessavam imprimia muita velocidade e controle à bola. Conseguiu cinco strikes seguidos.

Vi Fred orientando sua equipe na confecção de uma tábua dourada de açúcar de melancia. Estava dizendo a alguém que tomasse cuidado com a extremidade.

Vi Margaret escalando uma macieira nos fundos de sua cabana. Ela chorava e usava um cachecol ao redor do pescoço. Ela pegou a ponta solta do cachecol e a amarrou em um galho coberto de maçãs novas. Então ela saltou do galho e ficou suspensa no ar.

A Grã-Truta Velha outra vez

Parei de olhar para dentro da Estátua de Espelhos. Já havia visto o suficiente por aquele dia. Sentei-me num sofá à beira do rio e olhei para o profundo remanso dentro d'água. Margaret estava morta.

Um torvelinho na superfície d'água clareou o remanso até o fundo do rio, e vi a Grã-Truta Velha retribuindo meu olhar, com a pequena sineta de euMORTE que pendia de sua mandíbula.

Ela devia ter nadado rio acima desde o ponto em que estavam instalando o túmulo. É um longo trajeto para uma velha truta. Ela deve ter partido logo depois de mim.

A Grã Truta Velha não tirava seus olhos de mim. Mantinha-se parada na água, olhando para mim com a mesma intensidade que ela tinha me olhado antes, no dia em que observava o túmulo ser instalado.

Surgiu outro torvelinho d'água na superfície do remanso e depois não vi mais a Grã-Truta Velha. Quando o remanso clareou de novo, a Grã-Truta Velha tinha desaparecido. Olhei para o lugar do rio onde ela estava. Agora parecia um quarto vazio.

Atrás de Fred

Fui até Obras de Melancia atrás de Fred. Ele se surpreendeu ao me ver pela segunda vez naquele dia.

— Oi — disse ele, desviando o olhar de uma tábua dourada que verificava por algum motivo. — Que manda?

— É a Margaret — eu disse.

— Você a viu?

— Sim.

— O que aconteceu?

— Está morta. Eu a vi na Estátua de Espelhos. Ela se enforcou com o cachecol em uma macieira.

Fred pôs a tábua de lado. Ele mordeu os lábios e passou a mão nos cabelos.

— Quando isso aconteceu?

— Agora há pouco. Ninguém sabe ainda que ela está morta.

Fred balançou a cabeça.

— Acho melhor a gente ir atrás do irmão dela.

— Onde ele está?

— Está ajudando um fazendeiro a trocar o teto do celeiro. Vamos até lá.

Fred deu folga para sua equipe pelo resto do dia. Ficaram bastante satisfeitos quando Fred disse isso para eles.

— Obrigado, chefe — disseram eles.

Deixamos Obras de Melancia. Fred de repente pareceu muito cansado.

O vento outra vez

O sol cinza estava fraco. Bateu o vento e as coisas que sussurram ou se movem no vento assim se comportaram ao nosso redor, enquanto caminhávamos pela estrada do celeiro.

— Acha que ela se matou por qual motivo? — perguntou Fred. — Por que ela faria uma coisa assim? Ela era tão jovem. Tão jovem.

— Eu não sei — falei. — Não sei por que ela se matou.

— Isso é terrível — disse Fred. — Queria não ter de pensar nisso. Você não faz a menor ideia? Não tinha visto ela?

— Não, eu estava olhando dentro da Estátua de Espelhos e ela se enforcou lá. Agora está morta.

O irmão de Margaret

O irmão de Margaret estava em cima do teto do celeiro, dispondo telhas de melancia azul enquanto o fazendeiro subia a escada içando uma nova leva de telhas.

O irmão dela nos viu pela estrada ao longe, levantou-se no teto do celeiro e acenou muito antes de chegarmos lá.

— Não gosto nem um pouco disso — disse Fred.

— Olá, pessoal — gritou o irmão dela.

— O que traz vocês aqui? — perguntou o fazendeiro.

A gente acenou de volta, porém não disse nada até chegar lá.

— Nossa — disse o fazendeiro, apertando nossas mãos —, o que andam fazendo por estas bandas?

O irmão de Margaret desceu a escada.

— Olá — disse ele, apertando nossas mãos e ali ficou, à espera de que a gente falasse alguma coisa. Estávamos quietos e meio esquisitos, e os dois logo perceberam isso.

Fred pisoteou o chão com sua botina. Ele desenhou uma espécie de semicírculo com o pé direito no chão, e daí o apagou com o pé esquerdo. Isso levou apenas alguns segundos.

— Qual é o problema? — disse o fazendeiro.

— É, qual o problema? — disse o irmão dela.

— É a Margaret — disse Fred.

— Que tem de errado com a Margaret? — perguntou o irmão dela. — Fale pra mim.

— Ela está morta — disse Fred.

— Como isso aconteceu?

— Ela se enforcou.

O irmão de Margaret olhou direto para frente por um instante. Seu olhar era sombrio. Ninguém disse mais nada. Fred desenhou outro círculo na poeira, e depois o chutou.

— Melhor assim — disse finalmente o irmão de Margaret. — Não é culpa de ninguém. Ela tinha o coração partido.

O vento outra vez, outra vez

Fomos recolher o corpo. O fazendeiro teve que ficar para trás. Disse que nos acompanharia se pudesse, mas precisava tirar leite das vacas. Agora o vento soprava com força e poucas coisas caíam.

Colar

O corpo de Margaret pendia da macieira diante de sua cabana, soprado pelo vento. Seu pescoço exibia um ângulo inadequado e a face tinha a cor daquilo que aprendemos a conhecer como morte.

Fred escalou a árvore e cortou o cachecol com seu canivete, enquanto eu e o irmão de Margaret baixamos o corpo dela com delicadeza. Ele carregou o corpo para dentro da cabana, depois o deitou na cama.

Ficamos ali parados.

— Vamos levá-la pra euMORTE — disse Fred. — É o lugar ao qual ela pertence.

Pela primeira vez, desde que lhe contamos a respeito de sua morte, o irmão pareceu aliviado.

Dirigiu-se a um grande baú próximo à janela e sacou um colar que tinha pequenas trutas feitas de metal ao redor. Ele ergueu a cabeça de sua irmã e cerrou o fecho do colar, afastando o cabelo de Margaret da frente de seus olhos.

Então envolveu o corpo dela em uma colcha que tinha euMORTE tecida em crochê em uma de suas muitas e duradouras formas. Um dos pés estava escapando para fora. Em repouso, os dedos pareciam frios e suaves.

Sofá

Levamos Margaret de volta para euMORTE. Alguém, de alguma forma, já soubera de seu falecimento e já esperavam por nós lá. Eles estavam na varanda da frente.

Pauline desceu a escada em minha direção. Estava muito aborrecida e suas bochechas estavam cobertas de lágrimas.

— Por quê? — disse ela. — Por quê?

— Eu não sei — falei.

O irmão de Margaret carregou o corpo pelos degraus acima para dentro de euMORTE. Charley abriu a porta para ele.

— Por aqui, deixe-me abrir a porta pra você.

— Muito obrigado — disse o irmão dela. — Onde posso colocá-la?

— No sofá atrás do viveiro de trutas — disse Charley. — É lá que colocamos nossos mortos.

— Não lembro o caminho — disse o irmão dela. — Faz muito tempo que não venho aqui.

— Eu mostro pra você — disse Charley —, é só me seguir.

— Muito obrigado.

Seguiram em direção ao viveiro de trutas. Fred os acompanhou, assim como Velho Chuck, Al e Bill. Segui por último, com o braço ao redor de Pauline. Ela ainda chorava. Creio que ela gostava de verdade de Margaret.

Amanhã

Pauline e eu saímos para dar uma volta ao longo do rio da sala de estar. O sol estava quase se pondo. Amanhã o sol será preto e silencioso. A noite continuará, mas as estrelas não brilharão e serão mornas como se fosse dia e tudo ficará sem som.

— Isso é horrível — disse Pauline. — Eu me sinto péssima. Por que ela se matou? Sou culpada por amar você?

— Não — eu disse. — Não é culpa de ninguém. As coisas são assim mesmo.

— Nós éramos tão amigas. Éramos como irmãs. Odeio pensar que a culpa foi minha.

— Não foi — eu disse.

Cenouras

Aquela noite em euMORTE todo mundo jantou em silêncio. O irmão de Margaret ficou e jantou conosco a convite de Charley.

Al voltou a preparar um prato com cenouras. Cozinhou-as com cogumelos e um molho feito de açúcar de melancia e pimentas. Havia pão quentinho recém-tirado do forno, manteiga doce e copos de leite gelado.

Mais ou menos na metade do jantar, Fred começou a dizer algo que parecia importante, mas mudou de ideia e voltou a comer suas cenouras.

O quarto de Margaret

Após o jantar todos seguiram para a sala de estar, onde decidiu-se celebrar o funeral na manhã seguinte, mesmo que estivesse escuro e não houvesse som e tudo tivesse de ser feito em silêncio.

— Se você concordar — disse Charley para o irmão de Margaret. — Ela será sepultada no túmulo em que vínhamos trabalhando. Ficou pronto hoje.

— Seria perfeito — disse o irmão dela.

— Vai estar escuro e não haverá som, mas acho que podemos cuidar de tudo.

— Está bem — disse o irmão dela.

— Fred, você poderia avisar o pessoal da vila sobre o funeral? Talvez alguém queira vir. Avise também a Turma da Cova sobre o funeral. E veja se encontra algumas flores.

— Claro, Charley. Vou cuidar disso.

— Temos o costume de emparedar os quartos daqueles que viveram aqui quando eles morrem — disse Charley.

— O que quer dizer? — disse o irmão de Margaret.

— Colocamos tijolos na porta e lacramos o quarto pra sempre.

— Por mim tudo certo

Tijolos

Pauline, o irmão de Margaret, Charley, Bill, que era quem tinha os tijolos, e eu fomos ao quarto de Margaret. Charley abriu a porta.

Pauline carregava uma lanterna. Colocou-a sobre a mesa e acendeu com um longo fósforo de melancia a lamparina que havia ali.

Agora havia duas luzes.

O quarto estava repleto de coisas de Obras Esquecidas. Em cada canto que se olhasse tinha alguma coisa esquecida empilhada em cima de outra coisa esquecida.

Charley sacudiu a cabeça.

— Tem um monte de coisas esquecidas por aqui. A gente nem ao menos sabe o que a maioria dessas coisas são — disse ele para ninguém.

O irmão de Margaret suspirou.

— Tem algo aqui que você queira levar? — perguntou Charley.

O irmão dela olhou ao redor do quarto com muito cuidado e muita tristeza e daí também sacudiu a cabeça.

— Não, vamos emparedar tudo.

Saímos e Bill começou a colocar os tijolos no lugar. Nós o observamos um instante. Os olhos de Pauline estavam cheios de lágrimas.

— Por favor, passe a noite conosco — disse Charley.

— Muito obrigado — agradeceu o irmão de Margaret.

— Vou mostrar o quarto pra você. Boa noite — disse Charley para nós.

Ele saiu com o irmão dela. Falava alguma coisa para ele.

— Vamos embora, Pauline — falei.

— Está bem, querido.

— Acho melhor você dormir comigo esta noite.

— Também acho — disse ela.

Deixamos Bill empilhando os tijolos. Eram tijolos de melancia feitos de açúcar preto e silencioso. Não faziam nenhum som ao serem empilhados por ele. Os tijolos selariam as coisas esquecidas para sempre.

Meu quarto

Pauline e eu fomos ao meu quarto. Tiramos nossas roupas e deitamos na cama. Ela tirou suas roupas primeiro e eu a observei.

— Você não vai apagar a lamparina? — disse ela, inclinando-se para frente enquanto eu me enfiava na cama.

Tinha os seios descobertos. Os mamilos estavam duros. Tinham quase a mesma cor de seus lábios. Pareciam magníficos sob a luz da lamparina. Os olhos dela estavam vermelhos por causa do choro. Ela parecia exausta.

— Não — falei.

Ela recostou a cabeça de volta no travesseiro e deu um sorriso fatigado. Seu sorriso era da cor de seus mamilos.

— Não — repeti.

A garota com a lanterna outra vez

Depois de um tempo, deixei Pauline dormir. Mas daí bateu meu costumeiro problema para dormir. Ela tinha o corpo cálido e perfumado ao meu lado. Seu corpo me convidava a dormir como se fosse uma banda de trompetes. Fiquei deitado um tempão antes de sair para uma das minhas caminhadas noturnas.

Fiquei ali com minhas roupas postas, observando Pauline dormir. Curioso como Pauline passou a dormir bem depois que começamos a ficar juntos, pois ela era a garota que saía para longas caminhadas à noite, carregando a lanterna. Pauline era a garota na qual tanto pensei, subindo e descendo trilhas, parando ali e acolá, naquela ponte, neste rio, naquelas árvores no bosque de pinheiros.

O cabelo dela era louro e agora ela estava adormecida.

Depois que começamos a ficar juntos, ela abandonou suas longas caminhadas noturnas, mas eu continuei as minhas. É agradável dar esses longos passeios à noite.

Outra vez Margaret, outra e outra e outra e outra vez

Fui até o viveiro de trutas e fiquei ali, observando o corpo frio de Margaret, agora nada agradável. Ela jazia deitada no sofá, rodeada por lanternas em todos os lados. A truta não conseguia dormir.

Os peixinhos nadavam como flechas em torno de uma bandeja cuja borda tinha uma lanterna que iluminava o rosto de Margaret. Fiquei olhando os peixinhos durante um tempão, as horas passaram, até que eles foram dormir. Agora estavam como Margaret.

Presunto gostoso

Acordamos cerca de uma hora antes de amanhecer e tomamos o café da manhã bem cedo. Quando o sol saísse no horizonte de nosso mundo, a escuridão prosseguiria e não haveria som naquele dia. Nossas vozes desapareceriam. Se algo caísse ao chão, não faria ruído. Os rios permaneceriam em silêncio.

— Vai ser um longo dia — disse Pauline ao enfiar o vestido por seu macio e delgado pescoço.

Teríamos presunto e ovos, batatas fritas e torradas. Pauline preparava o café da manhã e lhe ofereci ajuda.

— Tem algo que eu possa fazer? — perguntei.

— Não — disse ela —, tudo sob controle. Mas obrigado por oferecer.

— De nada.

Todos tomamos o café da manhã juntos, incluindo o irmão de Margaret. Ele se sentou ao lado de Charley.

— Este presunto está gostoso — disse Fred.

— Faremos o funeral no final da manhã — disse Charley. — Todos já sabem o que devem fazer e podemos escrever umas notas caso algo extraordinário ocorra. Temos só alguns momentos mais de som pela frente.

— Hummmm — disse Fred —, que presunto gostoso.

Alvorada

Pauline e eu estávamos conversando na cozinha quando o sol nasceu. Ela lavava pratos e eu os enxugava. Eu enxugava uma frigideira e ela lavava as xícaras de café.

— Hoje estou me sentindo um pouco melhor — disse ela.

— Que bom — falei.

— Como eu dormi esta noite?

— Feito um pedaço de pau.

— Tive um pesadelo. Espero não ter te acordado.

— Não.

— O que aconteceu ontem foi chocante. Não sei explicar direito. Não esperava que as coisas tomassem esse rumo, mas tomaram e acho que agora não há nada que a gente possa fazer.

— É mesmo — falei. — O jeito é aceitar as coisas como são.

Pauline se virou para mim e disse:

— Acho que o funeral vai ser...

Escudo

Margaret foi vestida com mortalhas feitas de açúcar de melancia e adornada com miçangas de fogos-fátuos, assim a luz brilharia para sempre no seu túmulo, de noite e nos dias pretos e silenciosos. Como este.

Estava preparada para o túmulo. Vagávamos por euMORTE com lanternas e em silêncio, aguardando a chegada das pessoas da vila.

Elas chegaram. Trinta ou quarenta pessoas apareceram, incluindo o editor do jornal. Era publicado uma vez ao ano. O professor e Doc Edwards também vieram, e então o funeral começou.

Margaret foi carregada sobre o Escudo que usamos para os mortos, feito de pinheiro ornamentado com cristal e pequenas pedras distantes.

Todos levavam tochas e lanternas. Retiramos o corpo dela do viveiro de trutas, passamos através da sala de estar, saímos pela porta afora até a varanda e descemos os degraus de euMORTE.

Manhã de domingo

A procissão se movia devagar e em total silêncio pela estrada abaixo em direção ao novo túmulo que agora pertencia a Margaret, aquele que vi ser construído ontem, quando lhe davam os últimos retoques para ela. Conforme o sol subia no céu, tornava-se mais quente. Não se ouvia nada, nem mesmo o som dos nossos passos.

A Turma da Cova

A Turma da Cova nos aguardava. Ainda mantinham a Perfuratriz no local e começaram a bombeá-la assim que nos viram chegar.

Entregamos o corpo para eles, que o conduziram até o túmulo. Tinham muita experiência com aquilo. Eles carregaram o corpo pelo Poço e o depositaram no túmulo. Daí fecharam a porta de cristal e começaram a lacrá-la.

Pauline, Charley, Fred, o Velho Chuck e eu ficamos reunidos em um pequeno grupo, observando-os. Pauline tomou meu braço. O irmão de Margaret se juntou a nós.

Depois que a Turma da Cova selou a porta, desligaram a bomba e removeram a mangueira do Poço.

Então prenderam os cavalos com cordas às duas polias que ficavam dependuradas na Torre do Poço. As cordas iam da Torre aos ganchos do próprio Poço.

E foi assim que eles retiraram o Poço.

Os cavalos puxaram e o Poço saiu do fundo do rio, sendo içado até a margem. Ficou meio dependurado na Torre.

A Turma da Cova e seus cavalos pareciam cansados. Tudo havia sido feito em completo silêncio. Nem um som veio dos cavalos ou dos homens ou do Poço ou do rio ou das pessoas que assistiam.

Vimos a luz brilhante que vinha de Margaret, a luz proveniente dos fogos-fátuos sob a mortalha. Colhemos flores e as jogamos na correnteza sobre o seu túmulo.

As flores passaram por cima da luz que brotava dela: rosas, narcisos, papoulas e campânulas passaram flutuando.

O baile

É costumeiro por aqui, depois de um funeral, promover um baile no viveiro de trutas. Todos comparecem, contratam uma boa banda e a dança corre solta. Todos gostamos de valsar.

Após o funeral, regressamos a euMORTE e nos preparamos para o baile. O viveiro foi decorado para a festa e prepararam refrescos para a dança.

Todos se arrumaram em silêncio. Charley vestiu seu macacão novo. Fred gastou meia hora penteando o cabelo e Pauline calçou sapatos de salto alto.

Não podíamos começar a festa até que o som voltasse, para que os instrumentos musicais funcionassem e nós pudéssemos tocar neles, com estilo, quase sempre valsas.

Cozinhar juntos

Pauline e Al prepararam juntos um almoço com cara de janta que comemos à tardinha. Fazia muito calor do lado de fora, e eles prepararam algo leve. Fizeram uma salada de batatas que, não se sabe bem como, tinha um monte de cenouras dentro.

Seus instrumentos tocam

O pessoal da vila começou a chegar para o baile mais ou menos quando faltava meia hora para o sol se pôr. Recolhemos suas jaquetas e chapéus e lhes mostramos o caminho do viveiro de trutas.

Todo mundo parecia muito animado. Os músicos sacaram seus instrumentos e aguardavam o sol se pôr.

Só mais alguns instantes para chegar a hora. Todos esperamos com paciência. As lanternas bruxuleavam no salão. As trutas nadavam para cima e para baixo em suas tinas e tanques. Dançaríamos ao redor delas.

Pauline estava linda. O macacão novo de Charley era bonito. Não sei por quê, o cabelo de Fred parecia não ter sido penteado.

Os músicos estavam a postos com seus instrumentos. Estavam prestes a começar. Só mais alguns instantes agora, eu escrevi.

Este romance começou a ser escrito em 13 de maio de 1964 em uma casa em Bolinas, Califórnia, e foi encerrado em 19 de julho de 1964 na sala da frente do nº 123 da Beaver Street, São Francisco, Califórnia. Este romance é para Don Allen, Joanne Kyger e Michael McClure.

POSFÁCIO:

Um lugar entre as nuvens: vida e obras esquecidas de Richard Brautigan

Por Joca Reiners Terron

1. Vida *versus* Morte

Em uma noite de meados de setembro de 1984, os vizinhos do nº 6 da Terrace Avenue em Bolinas, Califórnia, ouviram um estampido. Distraídos com o jogo de futebol americano na TV, não se preocuparam em investigar de onde veio. O cadáver de Richard Brautigan seria encontrado somente em 25 de outubro de 1984, diante da ampla janela da sala de estar para o Pacífico, ao lado de uma garrafa vazia. Seus olhos abertos se fixavam nas nuvens. Devido ao avançado estado de deterioração, concluiu-se que havia se suicidado cinco semanas antes com uma Magnum calibre 44. Tinha 49 anos. Os vizinhos sequer lembravam quais times jogavam na TV naquele dia. Sua partida foi a única que realmente importou àquela noite.

Do início ao fim à maneira de Hemingway, a vida do poeta e romancista nascido em Tacoma, Washington, em 30 de janeiro de 1935, passou longe de ser um passeio num ensolarado dia de verão. Filho de uma garçonete, Richard foi abandonado aos 6 anos em um quarto de hotel em Great Falls, Montana, na companhia da irmã caçula Barbara Ann, de apenas 2 anos. Após dois dias sozinha, a dupla de náufragos foi abrigada pelo cozinheiro do hotel até o regresso da mãe, Lulu Mary Keho. Em sua ausência, ela esperava que o pequeno Richard cuidasse da irmã.

Barbara Ann afirmou que o cérebro foi o único brinquedo que seu irmão teve. Isso e a frieza de Lulu Mary — a irmã também disse que nunca viu a mãe oferecer um gesto de carinho ao filho — talvez expliquem a regra pessoal que Brautigan adotaria na idade adulta: esconder-se no cinema nos dias de Natal.

Sua mãe se casaria pela terceira vez em Tacoma, e Richard carregaria o sobrenome do padrasto — Porterfield — até os 17 anos, quando descobriu que o marido de sua mãe e seu verdadeiro pai não eram a mesma pessoa, estabelecendo-se posteriormente em Eugene, Oregon, em 1944. Ali, Brautigan concluiu em 1953 o ensino médio na Eugene High School, onde colaborou no jornal escolar e jogou basquete pelo time do colégio. A misteriosa paternidade permanece em aberto até os dias de hoje, pois Bernard Frederick Brautigan, o suposto genitor, soube da existência do filho somente alguns anos após o suicídio deste, e não o assumiu (até falecer em 1994). Circulavam versões, nunca confirmadas, nas quais Richard teria sido encontrado, ainda bebê, em um beco por Lulu Mary; por certo, em um beco sem saída.

Lendas em torno das origens de Richard Brautigan, verdadeiras ou não, foram espalhadas pelo próprio, assumindo novas versões à medida que se propagavam de boca em boca por São Francisco, para onde ele se mudou em algum momento dos anos 1950 em busca do cenário de inovação criativa instaurado pelos artistas da Geração Beat e da San Francisco Renaissance, e ao longo dos anos 1960, auge de sua fama e início da queda.

Na Haight Street, pelos bares da cidade como o Café Trieste e o Enrico's, e no balcão da livraria City Lights, o rapaz de 1,94 metro de altura cruzava com poetas ainda maiores, ao menos em estatura literária: os beatniks Michael McClure (a quem *Açúcar de Melancia* é dedicado) e Lawrence Ferlinghetti, Philip Whelan, Robert Duncan e Kenneth Rexroth, entre outros, além de Jack Spicer, responsável ao lado de Joe Dunn, pela publicação dos primeiros poemários de Brautigan em sua editora independente, a White Rabbit Press.

Mas, antes de ser reconhecido na Califórnia, aos 20 anos, após retornar para Eugene atrás de dinheiro, onde Lulu Mary se casara pela quarta vez, Richard se apresentou em uma delegacia de polícia e exigiu que o prendessem. Estava cansado de passar fome e frio, e desejava ser alimentado na prisão. Como os policiais se recusassem a retê-lo por falta de motivos, Brautigan apedrejou a janela da frente da delegacia, onde afinal passou os dias seguintes. De lá, seguiu para o Oregon State Hospital, um hospício, onde o diagnosticaram com esquizofrenia do tipo paranoica e depressão. Submetido a terapia com eletrochoques em grande quantidade, de acordo com o que descreveria em um poema, "para iluminar um vilarejo", adotou silêncio constante depois da alta, segundo Barbara Ann, e passou a escrever poemas com sofreguidão, gastando noites em claro e sonhando durante o dia.

De volta a Frisco, Brautigan publicou seus primeiros livros de poesia, *Return of the Rivers* (1957), *The Galilee Hitch-Hiker* (1958) e *Lay the Marble Tea* (1959), tornando-se conhecido por vendê-los nas ruas e por suas participações em leituras públicas quando não estava entregando telegramas de bicicleta (emprego semelhante ao de Charles Bukowski em Los Angeles, mais ou menos à mesma época). A propósito de leituras, pelo que sua mitologia faz constar, o poeta parece ter sido o primeiro a praticar o "stage diving" (mergulho do palco), hábito que se popularizaria entre músicos e ouvintes de rock'n'roll na década seguinte. Em seu caso, porém, nem sempre havia alguém na plateia disposto a ampará-lo.

No início dos anos 1960, casou-se com Ginnie Alder, com quem teve uma filha, Ianthe, e compartilhou a velha Plymouth usada para uma viagem a Idaho na qual iniciou *Pescar truta na América*, sua primeira experiência com prosa. Às margens do Snake River, nos momentos em que não pescava trutas, Richard dispunha sua máquina de escrever sobre uma mesinha dobrável de jogar baralho e escrevia os fragmentos (ou séries afins com a estrutura fragmentária que ele tomou emprestada de *After Lorca*, 1957, livro de estreia de seu mentor, Jack Spicer, a quem *Pescar truta na América* é dedicado) do romance que seria publicado somente depois de escrever o segundo, *A Confederate General from Big Sur* (1964), ligeiramente mais convencional, com o qual estreou na publicação de ficção (*Pescar truta* foi seu segundo romance publicado, em 1967). "Ele teve de aprender a escrever prosa", afirmou Ginnie à *Rolling Stone*, "pois tudo que escrevia se transformava em poema".

O *boom* avassalador de *Pescar truta na América* (e inesperado, pois a venda do primeiro romance não passou de umas poucas centenas de cópias) içou Brautigan da multidão anônima de artistas que vagava por São Francisco à lista de mais vendidos, chegando a vender 2 milhões de exemplares no período. A chegada dos hippies à cidade o conduziu ao trono e sua voz se tornou a fala corrente de uma era marcada tanto pela deflagração da liberdade comportamental que era ensaiada desde o pós-guerra, quanto pela brevidade. Apesar disso, a influência do período se estenderia a quase todas as utopias posteriores, semeando o imaginário que daria origem às ocupações urbanas recentes, assim como os distintos esforços solidários de movimentos civis e ambientalistas do século XXI.

Logo que o sucesso subiu à copa do chapelão de caubói de Richard (adotado em companhia do bigode à Mark Twain, e que juntos lhe concediam certo ar de David Crosby, do grupo Crosby, Stills, Nash & Young), a primeira mulher o abandonou, partindo junto com Ianthe, que seria sua principal companhia nos anos finais em Bolinas, na década de 1980. Vieram outras namoradas, retratadas nas capas das primeiras edições de seus livros, todas temporárias. A promiscuidade sexual daqueles tempos somada à disponibilidade permanente de Brautigan e ao seu crescente alcoolismo (tinha pavor de outras drogas, e venerava destilados como aquavit, brandy, bourbon e tequila) o tornavam suportável apenas a curto prazo.

Amigos também iam e vinham, adeptos de idênticos hábitos erráticos. Bolinas, na medida em que o Verão do Amor se distanciava, antecipou a implosão do sonho que ocorreria na década seguinte, agrupando uma comunidade de artistas que incluiu, em determinado momento, "vinte e seis poetas publicados e dois bolsistas da Guggenheim", segundo o escritor Lawrence Wright, além de atores como Peter Fonda, Jeff Bridges, Margot Kidder e Harry Dean Stanton, e o diretor Sam Peckinpah. Demasiadas estrelas e muita insanidade reunida em espaço tão exíguo, talvez, para o que não passava de um bucólico vilarejo de pescadores de origem portuguesa, e certamente um ingrediente explosivo, se consideradas as farras regadas a drogas e álcool que se tornaram habituais no lugar. A chegada dos anos 1970 — com seu coquetel paranoico de Vietnã, Watergate & cocaína — estipulou a data de validade para o ideário representado pela figura de Brautigan.

Aos poucos, ele foi esquecido.

Entre o seu sombrio casarão de Bolinas e temporadas em Tóquio — onde obteve recepção tardia e repercussão que pode ser medida através da influência na obra de Genichiro Takahashi (*Sayonara, Gangsters*, de 1982, publicado no Brasil em 2006, é Brautigan feito de truta fresca e puro açúcar de melancia) e Haruki Murakami, entre outros autores japoneses que manifestaram publicamente seu apreço pela obra do norte-americano —, Richard rumou a passos trôpegos para o final à queima-roupa que o aguardava em 1984.

Em algum lugar, Richard Brautigan escreveu: "Todos temos um lugar na história: o meu é nas nuvens." Nuvens que, sem dúvida, sua depressão incurável aditivada com álcool e autocomiseração transformou em fumaça de pólvora.

2. Morte *versus* Vida: obras esquecidas

Em uma entrevista de 1983 ao canal Swiss T.V. (disponível no YouTube), Richard Brautigan talvez tenha se referido sub-repticiamente ao antigo trabalho de carteiro, relacionando-o ao ofício de poeta: "Poemas são telegramas da alma humana para nos iluminar, para nos tornar mais compassivos, para nos fazer compreender melhor nossa condição."

Por ser dono dessa espontaneidade tão certeira, acusado de ingênuo por seus pares de São Francisco, em sua maioria egressos da geração precedente que, com injustificada autoridade intelectual (com poucas exceções, os *beats* eram instruídos; Jack Kerouac e Allen Ginsberg estudaram na Universidade Colúmbia, William S. Burroughs em Harvard; além disso, os poetas mais proeminentes da San Francisco Renaissance tinham procedência acadêmica, como Spicer, Duncan e Robin Blaser, que se conheceram na Universidade da Califórnia em Berkeley), esnobaram o sucesso de vendagem de *Pescar truta na América*, apesar de alguns não deixarem de manifestar genuína admiração diante da originalidade do livro.

Lawrence Ferlinghetti, editor da City Lights, embora tenha sido o primeiro a publicar fragmentos do livro, foi seu mais duro crítico *post mortem*: "Como editor, sempre aguardei o amadurecimento de Richard como escritor", afirmou à *Rolling Stone* cerca de um ano após o suicídio de Brautigan, "Nunca suportei escrita bonitinha. Ele nunca poderia ser um escritor importante — como Hemingway — com aquela voz pueril. Tinha um estilo ingênuo, baseado na percepção de mundo de uma criança. O culto hippie também era um movimento infantilizado. Creio que Richard era o romancista de que os hippies precisavam. Era uma época de analfabetos."

A leitura do poeta *beat* cheira a ranço geracional, restringindo-se ao estilo explorado por Brautigan no final dos anos 1960, somente aplicável à sua "trilogia riponga", por assim dizer, compreendida por *A Confederate General from Big Sur*, *Pescar truta na América* e *Açúcar de Melancia*, além dos poemas reunidos em *The Pill versus The Springhill Mine Disaster* (1969) e em *Revenge of the Lawn* (1971), antologia de relatos escritos entre 1962 e 1970. A economia formal desses livros em prosa, marcadamente episódica e com diálogos secos, fáticos, completamente naturalistas como os de *Açúcar de Melancia*, realça as metáforas inesperadas concebidas por Brautigan. Quando elas surgem, o chão desaparece sob os pés do leitor.

A partir de *The Abortion: An Historical Romance 1966* (1971), o escritor empreenderia a série paródica na qual cada título adotaria um gênero distinto de literatura popular, seguido por *The Hawkline Monster: A Gothic Western* (1974), *Willard and His Bowling Trophies: A Perverse Mistery* (1975), *Sombrero Fallout: A Japanese Novel* (1976) e *Dreaming of Babylon: A Private Eye Novel 1942* (1977), descartando, na melhor das hipóteses, as acusações de ingenuidade estilística. "Não estou interessado em imitar uma estrutura ou estilo que já tenha usado anteriormente", afirmou Brautigan à revista *Life* em 1970, "Nunca escreverei outro livro como *Pescar Truta na América*. Eu desmontei aquela velha máquina quando acabei com ela e deixei suas peças espalhadas pelo quintal para enferrujarem na chuva."

Ainda assim, os melhores livros de Brautigan parecem desprovidos da *ironia* tão característica da produção pós-moderna dos anos 1970, com a qual hoje é identificado, onipresente em Donald Barthelme, Thomas Pynchon, John Barth, William Gass, Robert Coover ou William Gaddis, pendendo, em seu desnorteio inventivo, para uma espécie incomum de surrealismo norte-americano fortemente embebido da simbologia geográfica e histórica do país, uma variação zen budista, meio bêbada de bourbon, do transcendentalismo do século XIX.

Diante desse aspecto, *Pescar truta na América* seria o cruzamento cômico entre Henry David Thoreau e "Krazy Kat" (o cartum produzido por George Herriman de 1913 a 1944). Sob constante ataque, o sentido nos diversos capítulos do livro adota o título do romance como signo mutante de sua inconstância, passando por personagem, adjetivo e verbo. A desestabilização ocorre desde o primeiro capítulo, no qual a capa do livro é usada como ambiente para a narrativa que se inicia: "Por volta das cinco da tarde em minha capa para *Pescar truta na América...*" O efeito é desconcertante.

De fato, leitores menos desarmados ou comprometidos do que Ferlinghetti (talvez seja o contrário: armados de olhos livres, como queria Oswald de Andrade), como Jonathan Lethem, Neil Gaiman ou Murakami, parecem traduzir a charada, identificando as fontes da mistura singular promovida por Brautigan: quadrinhos underground, ficção científica, letras de rock'n'roll, poesia do absurdo e — por que não? — a melhor literatura. Também a pior, como a ficção popular de distintos gêneros, se é que a esta altura poderiam se sustentar juízos desabonadores de formas populares como o terror, a ficção científica e o romance policial. São sempre surpreendentes, as fontes de influência de escritores cuja obra é marcadamente original, e quase nunca nascem de lugares esperados como o cânone, ou a tradição literária. "Suas paixões eram basquetebol, a Guerra Civil, Frank Lloyd Wright, escritoras sulistas, novelas de TV, o *National Enquirer,* filé de frango frito", afirmou Lawrence Wright acerca do repertório de Brautigan, "e conversar ao telefone".

Açúcar de Melancia é uma ficção distópica pós-hecatombe que se refere, em múltiplos aspectos, ao presente no qual foi concebida, além de apresentar forte fundo alegórico. Contrariamente ao defendido por Ferlinghetti e outros críticos, Brautigan descreve de maneira bastante ácida a comunidade hippie de Bolinas onde vivia e o ambiente de São Francisco nessa sombria história passada em um vilarejo bucólico. Em euMORTE ("iDEATH", no original, e que pode ser interpretada como morte do eu, ou morte da individualidade), as pessoas são apáticas e respondem às ordens de Charley, sem dúvida o líder. Um germe das seitas do tipo Manson Family e antecipação dos assassinatos que ocorreriam na Califórnia no verão de 1969 liderados por Charles Manson? Esparramados por Obras Esquecidas há livros aos montes que são usados como alimento para o fogo, e é impossível não relacionar o fato à prática de queimar livros de alguns sistemas totalitários, como o nazismo (a ideia já havia sido explorada por Ray Bradbury em *Fahrenheit 451*, de 1953).

A comunidade de Bolinas, a "euMORTE" da realidade, também desenvolvia forte sentimento paranoico diante da invasão turística da vizinha São Francisco (do outro lado da Golden Gate), ou do mundo real além de Marin County, arrancando placas rodoviárias que indicavam a entrada do vilarejo e hostilizando recém-chegados e forasteiros. Dessa experiência, Richard Brautigan extraiu a estranha parábola de *Açúcar de Melancia*, cujas locuções finais de cada uma das três partes do romance são fundamentais para a compreensão de seu desenvolvimento narrativo — "eu pensei"; "eu sonhei"; "eu escrevi" —, assim como para a cronologia da vida desse homem que, nas palavras de Kurt Vonnegut Jr., foi vencido por esse "desequilíbrio químico que nós chamamos de depressão, que cumpre seu trabalho mortal independentemente do que esteja acontecendo na vida amorosa de quem o sofre, ou em suas aventuras, para o bem ou para o mal, no mercado sem coração". Que a lanterna com o rosto de Richard Brautigan arda para sempre sobre as pontes, alimentada pelo inextinguível óleo de melantruta.

Este livro foi composto na tipologia Sabon
LT Std em corpo 12/17, e impresso em
papel off-white no Sistema Cameron da
Divisão Gráfica da Distribuidora Record.